KB201805

이준순 시집

금빛 보자기

금빛 보자기

이준순 시집

한누리미디어

막상 시집을 출간하려니 아직 덜 익은 과일을 내놓는 것 같아 부끄럽고 송구스럽습니다.

저는 시절도 그랬지만 금수저가 아닌 흙수저로 태어나 땅만 보고 살아온 터라 공부도 일새도 제대로 갖추지 못한 채 결혼하고 아이 낳고 기르면서 수동적인 삶을 살았습니다.

부족한 언니 노릇, 자식 노릇, 아내 노릇, 며느리 노릇을 허겁지겁 뒤따라 채워가며 살았습니다. 그러다 배움에 대한 갈증으로 검정고시 고입 대입을 거쳐 학사모를 썼습니다.

우여곡절도 많고 정말 힘들었지요.

아주 많이 뿌듯했고요.

그런데 남의 글을 읽다가 글쓰기를 배우게 되었고 좋은 선생님을 만나 내 글을 쓰게 되었습니다. 용케 『숫대문학』을 통하여 2014년엔 시부문, 2008년엔 수필부문에 등단하여 보람과 용기를 얻게 되었습니다.

부족한 대로 습작활동을 이어온 결과 그간 써온 졸작을 모아 난생 처음 책으로 엮게 되었습니다.

오늘이 있도록 두 손 잡아 이끌어주신 이혜선 교수님, 내 귀가 되어 살뜰히 보살펴 준 백창희 회장님, 고맙고 감사합니다.

더하여 아낌없이 활동하도록 배려해 준 남편과 두 아들, 많이 사랑합니다.

아직 많이 부족합니다.

독자 여러분의 아낌없는 고언을 담아 더 좋은 작품활동을 할 수 있기를 소망해 봅니다.

우리 모두 건행하시는 축복이 함께하기를 기원합니다.

2025년 목련꽃 아래

이준순 올림

차례

제1부 물보다 진한 혈연

제2부 만학도의 꿈

차례

제3부 문학의 길잡이가 되어서

이준순 시집
금빛 보자기

제4부 이웃과 함께

금
빛
보
자
기

제 1 부

물보다 진한 혈연

복집

광장동 긴 골목집
두 아이가 태어나 자란 집

내 집에 오는 손님을 왕으로 모신 시어머님
명절 생신 제사 산해진미 음식 만들 때
반찬 처음 만드는 나는 마음이 조였다
두 아이는 장난감과 도닥도닥 잘 놀았다

손님은 인사성 밝은 아이들을 쓰담쓰담
"애 안 키우는 집처럼 조용하네"
두 아들은 어린 왕자같이 의젓하였다

어른 손님, 아이 손님에게
맛난 음식 대접하는 시어머님
쉼터처럼 놀다 가는 복집
집안은 반들반들 큰 화분 잎사귀도 빛났다

긴 골목집

담 넘어 옆집과 오순도순
맛난 음식 나눠 먹고
오다가다 잠시 들러 웃음 나누던 그 집

어쩌다 대문 잠겨있으면
웬일인가 궁금해 고개를 빼고 기웃기웃
언제나 반겨주던 그 골목 사람들

긴 골목집은
우리 집 두 아이가 태어난 고향
20여 년을 떠나 있으면서
정신없이 달리느라 잊고 살았네

마음이 가랑잎처럼 메말라 가는 오늘
정겹게 지내던 그 골목이 떠오르네

마음 갈피 속에 꼭꼭 숨어 있는
보고 싶은 그 얼굴들

초등학교 삼부자

초등학교 운동장에서 아이들 떠드는 소리가 들리는 집
두 아들은 코앞 초등학교에 입학했다

하필 두 아이 다니는 학교에 전근한 남편
집 주변 학생과 교사들 사이에 소문날까 봐
내 행동거지에 신경세포가 날이 섰다
나는 집안에만 갇혀서 아들에게 희망을 걸었다

도덕책 같은 애들 아버지 시계추처럼 퇴근해
집이나 야외에서 연놀이하고 아들과 같이 놀아주었다
운동장에서 가끔 아이가 아버지 만나면 싱글벙글
나는 아이들 시험점수에 위로받았다

외향성인 삼부자 나에게 무지개꽃 되었다
한 번도 안 해본 "공부해!" 소리
지금 생각하니 성공의 밑거름이다

우리 아버지

눈이 내리는 밤
허수아비처럼 쓰러지신 아버지
어린 비둘기들 모여 꺼이꺼이 울었다

키 큰 가수처럼 노래 즐기고 흥이 많으신 아버지
아들 딸 6남매에 부모 형제까지
가족 위한 일념으로
월남으로 미국으로 기술자로 10여 년
비행기 비용 아끼려 단 한 번의 귀국도 참으시고
묵묵 잠잠 고독을 밥 먹듯 삼키시며
말도 안 통하는 외국에서 기술을 인정받았다

흑인 백인 사이에 홀로 견딘 거목이셨던 아버지
떠나실 때 그 양복 입고 개선하듯 돌아오신 아버지
아버지 64세 생일 기억하는데
그 짧은 생마저도 뒤로하신 채
초겨울 밤에 안타깝게 말없이 쓰러져
다시 올 수 없는 길 떠나셨다

첫눈 내리는 오늘 밤
아버지 더욱 그립습니다

흉집 복집

10여 년 살던 첫 집은 살림 늘어난 복집
아들 초등학교 4학년 때 좀 넓은 집 알아보다가
아차산 아래 중곡동 막다른 집 장독대 발견하고
시어머니는 이삿짐을 풀었다

장독대에 간장 된장 고추장 올망졸망 항아리들
웬일일까? 새 간장에서 푸르스름 곰팡이꽃이 피었다
곰팡이 맛으로 새 간장 모두 쏟아 버렸다
막다른 집에서 앓다 하늘나라로 떠나신 시어머니

이비인후과 의사는 "귀에 이상 없다" 하는데
나는 귀에 매미 소리가 났다
공무원이던 남편은 무릎통증으로 명예퇴직하고
나는 막다른 집 "이사 잘못 왔다" 집 탓만 하였다

중곡동에서 평지풍파 겪는 동안 중학생 아들은
대원외국어고등학교에 합격했다
아들은 부모의 굴곡진 삶을 금빛 보자기로 덮어주었다
나는 검정고시와 태산 같은 대학을 마치고 시에 매달렸다
흉집 말이 쏙 들어가고 복집이 되었다

하남집에서 20년 지내면서 아들 독립하고

지난 기억을 차곡차곡 시로 써놓고

남편과 아들과 옛날 이야기하며 행복하게 웃는다

아버지의 선택

아버지는 양복 입고 출근하셨다
적은 공무원 월급으로도 우리 가족 살 수는 있었다

아버지 어깨에는 지적장애 형님 내외와 어린 조카가 있었다
큰아버지 때문에 가슴에 멍든 할머니
장애 형님 가족은 아버지의 십자가였다
엄마는 월급에 구멍이 나면 목소리에 가시가 돋쳤다

아버지는 완두콩 같은 자식들을 떠나
해외에서 일해야 했다
용접기술이 꼼꼼 깔끔해서
영어는 못해도 일감이 쌓여 목돈을 모아 보내셨다

1960년대 어려운 선택으로 고난을 헤쳐 나갔다
귀국할 때에야 작업복 벗고 양복을 입으셨다
십여 년 만에 아버지 얼굴은 빛났고
큰댁과 아들딸 모두에게 환영을 받으신 우리 아버지
품이 넓으신 우리 아버지

아버지 생각

엄마와 우리 6남매를 두고
월남과 미국에서 십여 년
무거운 삶의 무게에 허리가 휘어진 아버지

언어의 벽과 외로움을 다 겪으시며
궁핍한 삶의 옷 벗어 버리려 몸부림치셨다
아들과 딸 결혼식에도 올 수 없던 아버지
미국 먼 하늘 쳐다보며
바람 찬 낯선 외국 땅에서 우셨으리

힘들 때면 생각이 더 난다
오로지 가족을 위해 떠나신 아버지
어린 형제들은 아버지의 빈 자리로 목이 말랐다

아버지의 편지는 복음이었다
유머스러운 아버지 나와 동생은 친구처럼 웃고
엄마는 웃다가 눈물방울 맺혔다
언제나 가족 걱정에 잠들지 못하시던
내 가슴에 든든히 뿌리내린 소나무
아버지 그리움으로 오늘도 나를 흔든다

아버지의 희생으로

십수 년 만에 미국에서 돌아오신 아버지
십 년이면 강산도 변한다는데
그 세월 그 사이
6남매 중 넷이나 결혼해 며느리와 사위도 보았다

여덟 식솔도 살아가기 힘겹던 박봉으론
장애형님 댁 식솔과 부모님까지 돌보느라
베트남 전쟁터로 미국으로
외화벌이에 나섰다

오로지 가족 위한 일념
언어장벽 낯선 이국 산전수전 다 겪으시고
달러 버는 대로 아버지는 다 보내시고
어머니 환전해서 낙출 없이 모은 덕에
6남매도 결혼하고
우리 집, 큰집 가난에서 벗어났다

참말 고맙습니다
아낌없이 주신 아버지!
아버지!

어머니의 맏딸로

머리가 아파서 약으로 견디시는 어머니
나는 6남매 맏딸로 어머니의 보조역을 했다

남동생 여동생들에게 아웅다웅하며 시끌시끌
나는 엄마 손을 덜어주려고
막냇동생을 업고 동네 한 바퀴 돌다 와서
소꿉놀이 공기놀이하는 고만고만한 동생들
말썽부리는 일 없기를 바라며 돌보았다
철부지 동생은 엄마 아픈 것도 모르고 주문이 많았다

아버지 퇴근하시면 과자 봉지로 모두가 신이 났다
아버지 앞에 반달처럼 앉은 여섯 명의 아들딸
뒤에 서 있는 엄마
아버지는 어린 딸 네 명을 세워놓고
미스코리아 심사위원이 되어 익살스럽게 평을 해 주실 때
여덟 명의 가족 웃음이 담장 밖으로 굴러가던
그런 날들이 있었다

엄마의 보행기

침을 꽂고 쑥뜸을 하면서
엄마의 다리는 힘이 빠졌다
자식에게 내색도 없었던 엄마의 가는 다리
한 손을 잡고 일어나 혼자 외출은 어설프다

먼 시장까지 싼 반찬거리 사러 가셨다
한 푼이라도 아끼려는 마음
머리에 이고 양손에는 장바구니
한 걸음 한 걸음이 힘겹다
웃음을 잊은 아픈 나날들
엄마의 땀방울이 알뜰살뜰 우리를 키웠다
집안에서만 서성이던 엄마
이제 보행기와 함께 천천히 굴러간다

어머니의 뜨개질

엄마의 방에는 대나무 바늘과 털실꾸러미들
딸들을 입히고 싶은 마음이 바구니에 담겨져 있다

손품으로 공든 탑을 쌓듯 기초를 하다가
앞면에 능소화 꽃무늬를 넣고는
중간에 뜨다가 손길로 재보고 줄로 재본다
두꺼운 돋보기 아래 밤새워 한올 한올 뜨다가 졸다가
미루다 다시 뜨개질을 하여
드디어 조끼가 완성되었다

밋밋한 엄마표 털조끼 입어보고 펴놓고
유행에 민감한 딸들은 까다롭지만
엄마표 털조끼 다시 한번 더 입어 보고
벗은 조끼 펴보고는 헤살거린다

어머니 생각

산책길 옥잠화 꽃잎을 보며
문득 친정어머니 생각났다

홀어머니의 외아들에게 시집간 맏딸
딸보다 열 살 위인 사위에 깐깐한 사돈댁이 어렵기만
어머니는 첫째 사위에게 말 내려놓지 못하셨다
묵묵히 딸의 행복만 빌고 바라셨다

내 마음 애타서 어머니에게 하소연하면
"참고 살아야지 어떡하니?" 다독다독
딸의 타는 가슴 옥잠화 넓은 잎으로 돌돌 감싸 안아
어머니 부처님 말씀으로 다독여 주셨다
옥잠화 향기 속에 정답던 어머니

2년 전 요양병원에서 운명하셨다
맏딸 걱정만 하시던 어머니
"이제 걱정 모두 내려놓으세요"
"명복을 비옵니다"
매일 성모님께 올리는 간구

느티나무

엄마가 말수가 적어졌다
살포시 하다가 이제 무표정한 얼굴
엄마는 가끔 네 딸들을 앉혀 놓고도
첫째를 둘째로 바꾸는 호명!
치매증상이 완연하다

큰 느티나무였던 엄마는
병적인 절약정신으로
맛이 간 음식도 당신 차지
꾀죄죄한 옷도 당신 차지
알뜰살뜰한 삶의 일념으로
아버지 빈자리를 채우셨었다

우리 아이들

'금쪽같은 내 새끼' TV 프로그램 보면서
내 아이 키운 시절 생각이 났다

연년생 형제는 성격과 식성, 장난감 놀이도 달랐다
형이 좋다 하면 동생은 싫다고 고개를 절레절레
손가락으로 악기놀이 아코디언 탬버린하는 형
보드블록 쌓고 자동차 로봇 조립만 하는 동생
형제는 이과 문과로 나눈 어린이 학생 같았다

젖은 손으로 따로따로 반찬 만들어 주기 바빴다
형은 도 레 미 파 솔 실로폰에서 아코디언 피아노 소리
나는 어린 아들 머리를 쓰다듬어 주었다
블록쌓기 로봇 자동차 친구와 궁전에서 노는 동생
"내일 또 놀러 와" 내 말에 아이들은 다시 왔다

친척 어르신은 집이 조용해
"애들 안 키우는 집 같다"고 하셨다
학교에서 각종 상장을 받아오고
각자 성향대로 잘 커주어서 자랑스럽다

삼 개월을 기다리며

삼 개월마다 휴가 오는 아들
인천공항 입국장 큰 캐리어 끌고 나왔다

지구 반대편 이역만리 나이지리아 근무
열악한 환경으로 산전수전 다 겪는다
나이지리아 소리만 들어도 가슴이 두근두근
안전하기를―
건강하기를 빌고 또 빈다

삼 개월마다 기다려지는 휴가
열서너 시간 넘는 비행 중에 눈 뜨다 꿈속에 있다 입국할 때면
엄마표 국 찌개 생선 나물 진수성찬 해놓고
떠날 때는 견과류 에너지바 비닐봉지에 넣어준다

인천공항에서 남편과 함께 아들을 배웅한다
"건강하게 잘 있다 다시 만나자"
"아버지 어머니 건강하세요"
손 흔들고 탑승구로 들어가는 아들의 모습
안전하기를―
건강하기를 빌고 또 빈다

기도

자유분방하던 36세 아들이
나이지리아 허허벌판 공사현장
치안 불안한 아프리카에 파견되어 떠났다

납치사건이 종종 일어나는 나라
현장 울타리는 무장한 군인이 총으로 지켜준단다
실내엔 에어컨에 운동기구, 식탁은 풍성하나
울타리 밖 세상엔 괴한이 숨어 있을까 봐 불안하다

어쩌다가 주말에 군인과 함께 울타리 밖 잔디에서
동료직원과 골프운동으로 한 형제가 된다고
아들의 전화 목소리는 초롱초롱하다가도
진종일 의자에 불붙는 아들로 가끔 내 눈에서 촛농이 흐른다

건설 해외 파견 직원들은 나라의 거름이 된다
국내외 동료와 성공적으로 끝마무리하기를
믿음직한 아들을 위해서 기도한다

첫 손녀

열 체크하고 손 소독하고 아들 집에 방문하면
목화솜 피부와 호수 같은 소이의 눈
손가락 발가락은
채송화 꽃밭이다
손녀를 서툴게 안아보면 울다가도
그네에 앉혀서 흔들어 주면 보름달이 되는 얼굴
손녀가 손가락으로 눌러보는 장난감 음악 소리
세상이 환해진다

코로나로 전 국민들 모임이 축소되어서
백일 돌 때 상차림을 대여점에서 빌리고
손녀에게 진줏빛 드레스 입혀 사진만 남겼다

코로나 팬데믹이 조금 나아지고
17개월 되면서 마스크하고
가방을 메고 병아리처럼 아장아장 걸어서 어린이집에 간다

막내 여동생

친정 행사마다 네 명의 자매들
해바라기처럼 막냇동생을 기다리면
분꽃 피는 시간에 막내 여동생이 온다

막내는 딸과 살기 위해 몸부림쳐 언니들은 안다
자주 조계사에서 부처님께 불공드리다 늦게 온다
힘들어도 막내 여동생 목소리는 음색도 밝다

다 모이면 막내는 세 언니 얼굴 마사지해 주고
서로가 피부가 맑고 젊어졌다고 자랑자랑
동생의 화장품을 구입했다

천성이 밝던 막내는
큰딸은 공사에 취업하고
작은딸도 미국 연수생으로 가서 취업해
이제 한시름 놓게 되었다

나에게 양양은

양양에 사는 여동생은
휴가철 지난 후에 혼자 온 언니 마음 얼른 알아챈다

나는 젊은 날 옹골차지 않아서
지아비에게 받은 상처로 노랗게 곪았다
의사가 처방 내린 대로 혼자 양양 여동생 집에 갔다
설악산에서 서성이고 설악 성당을 찾아다녔다

정암해수욕장에서 가족과 지낸 추억들
파도가 쏴~ 다가오면 모래 위에 뛰며 놀던 아이들
혼자는 쓸쓸하고 홍련암 낙산사도 덤덤하다
엄마를 기다리는 두 아이 생각에 조바심이 났다

5일도 안 돼서 집에 가려니
"언니 다음에 가족과 함께 놀러 오세요"
동생의 다정한 말소리는 낙산사 여스님이다

세 명의 여동생

딸 넷보다 아들이 더 중했던 엄마가
파주 요양병원에 입원하셨다
버스 내려서 흙먼지 속에 땀을 흘리며 가던 길
여동생들은 엄마를 집 근처 마포 요양병원으로 옮긴 후
매일 면회하러 걸어서 다녔다
아들은 뜸 들이고, 나는 늦은 공부로 자주 못갔다

동생은 엄마에 대하여 훤히 알고 있다
내가 "시험 끝내고 갈 수 있다" 하면
동생은 "언니 걱정하지 마세요!" 스님 같은 목소리다
말 끝마무리는 "덕분입니다"
여동생 이야기를 듣다 보면 말속에 꽃향기가 난다

동생들은 각자 무쇠처럼 살아가면서
교대로 요양병원에 가서 엄마를 보살피고 있다
형제간 서운함도 마음 그릇에 담지 않는다
서대산 효심사 덕분 학교에서 명상하면서
여동생들 마음에 하얀 찔레꽃 피어나는 듯하다

큰 시누님

농사짓는 큰 시누님
마늘, 고춧가루, 참깨, 들깨, 늘 보내셨다

깐깐한 어머니 모시고 사는 남동생 내외를 위해
시누이가 방학 때
"어머니 우리 집에 내려오세요" 하면
"너희 집은 모기 많아서" 하며 마다하셨다
일 년에 외출 한번 없이 집에만 계신 어머니
아들 내외 신혼 초부터 둘만의 시간이 없었다

자손이 귀한 집에 연년생으로 두 아들 태어나자
시누이는 더 대견해 했다
돌조각 검불 조각 까불러서 들깨 참깨 씻어서 말려 보내주었다
보내주신 홍고추에 김치색이 고와졌다

시어머니 돌아가신 지 30년
92세 시누이님 허리 굽고 휘어진 손가락으로
채소 마늘 콩 참깨 들깨 여전히 보내주신다
내가 미안해 하면 "잘 살고 있으면 됐어"
오늘도 들기름 참깨 마늘을 넣고 조물조물 나물을 무쳐본다
시누이님 향기가 솔솔 난다

시누님표 고춧가루

시누님이 고추를 보내왔다
햇볕과 바람에 말린 빨간 태양초

꼿꼿하게 세워준 말뚝에 기댄 고추대궁들
뙤약볕과 비와 뜨거운 사랑 합쳐 익은 붉은 고추들
햇살 집 앞마당에 펴 널은 탱탱한 고추가
자연건조로 바싹 말라 태양초가 되었다

깍두기와 열무김치 총각김치에 감초처럼 들어가는 고춧가루
하얀 본견 치마폭처럼 곱게 물든 고추빛깔

평생을 고추와 밭농사를 짓는 시누님
골고루 나눠주는 시누님표 고춧가루 위에
고추만큼 발갛게 익은 얼굴로 미소 짓는
시누님 얼굴이 어린다

목화꽃 작은 올케

집안 행사마다 6남매 식솔 친정집에 모였다
네 딸들을 보고 빙그레 웃으시는 어머니

부모 모시고 사는 남동생 내외
작은 올케는 퇴근해서 어머니 생신상 준비하려고
전날 밤 동태전, 깻잎전, 고추전들 채반 가득 채워 놓았다
색색들이 고사리, 도라지, 곰취
들기름에 솔솔 나물들이 향기롭다
곰솥 냄비에도 훈훈한 내음

어머니와 남자들부터 한 차례 먹고 난 후
다시 새 상차림으로 손보고 두 올케와 수저를 든다
화제 만발 시끌시끌한 친정집

나는 가끔 어머니가 불편한지 여쭤 본다
내외간에 큰소리 한번 못 들었다
편안해 하시는 어머니
6남매 돈독한 우애 서로 기를 받는 건
목화꽃 같은 작은 올케 덕분

― 금빛보자기 ―

제 2 부

만학도의 꿈

금빛 보자기

시인의 끈

아차산 길에서 이어진 긴 골목집
시어머니는 소소한 집안일이 할 게 없다지만
장손으로 명절 생신 제사 20여 명 모이는 친인척

결혼 전 내 손에 물 묻혀 보지 않아서
서투른 살림 맛들기 전에 몸이 고단해 지쳐갈 때
아차산 나뭇가지를 바라보니 내 처한 환경 같았다

시어머님 덕분에 연년생 두 아이도 쉽게 키우고
틈나면 두 아이와 아차산에 갔다

혼자 아차산에 갈 때는 김소월 시집을 챙기고
법정스님의 주옥같은 구절을 가슴에 새겼다
아차산이 내게 시인의 끈을 달아주었다

시창작교실

전쟁 같은 시험이 끝날 적마다 시창작교실에
빠끔 얼굴을 내밀었다

한동안 시 창작 잊고 있다가
시험에서 해방되어 다시 시를 쓰려니
글줄마다 빈 쭉정이들 머리를 내밀고
그림자만 따라붙는다

빈 쭉정이를 솎아내지 못해 끙끙대는데
예리한 형사처럼 쭉정이를 찾아주는 우리 교수님
살아남은 알곡들이 서로 어우러져 영글어 간다
자기 성찰 측은지심으로 시정신을 심어주는 지도교수님
소나무 같은 회장님 내 귀가 되어주었다
졸업하면 시창작교실을 떠나지 않고
시누리 동인들과 노래하며 가리라 다짐한다

나의 바다에게

나의 귀는 늘 먹먹하다
언제나 강물 소리가 들린다

검정고시학원 수업 시간
내 옆에 앉은 언니 노트를 기웃기웃
베껴 쓰다 강의 듣다가 알게 된 만학도 언니
점심 도시락을 나눠 먹으며 새록새록 정이 들었다

언니는 수학 선생님 같다
청각장애인 나에게 찬찬히 반복해 가르쳐 주었다
그 언니 덕분에 용케 대입 검정고시 합격증서 받았다

우린 서로 다른 대학교 학생이 되었다
검정고시학원 이야기할 때는 서로 매화꽃이 핀다
엄마 같은 언니는 어둑한 내 귀에 허물없이 되풀이해 주었다
나는 오늘도 바다 같은 언니에게 안부를 물어본다

강물이 흐른다

검정고시학원에서 만난 숙은 늘 지각생이다
사업하는 남편과 유학 보낸 아들
이른 아침에 강남 봉은사에 다녀오느라 지각하는 대입 학원생
수업 끝나면 일등으로 미스코리아처럼 예쁜 그녀가
나를 기다려 주었다
송파 검정고시학원 주변을 돌고 돌다가

대학생 되면 다양한 체험 하자고 약속했다
숙은 문화교양학과 나는 국문과 지망생으로
검정고시 합격증서로 입학원서를 썼다

수국 같은 숙은 가족의 긴 끈이 옭아매어서
입학원서를 품에 간직한 채 "손녀를 돌봐줘야 해"
어린 손녀 손길이 더 급해서 숙이는 대학교 꿈만 꾸다 말았다
나는 단출한 가족 덕분에 대학생이 되어 시창작도 배워나갔다

가을에 만난 숙이
"손녀는 베이비시터에 맡기고 영어학원에 다녀"
우리의 배움은 지금도 진행 중이다

학생증

방송통신대학에 갈 수 있대서
나비처럼 날아가서 국어국문학과에 입학했다
남녀노소 나이와 무관하게 모였다

낡은 몸으로 4년 졸업은 어렵지만
지금, 아니면 언제 또 할 수 있으리
학생 신분으로 혜화동 방송통신대학,
함춘회관 한국교회 100주년 기념관
교수의 명강의를 듣고 나서 기차처럼 줄 서서
시집에 저자 서명을 받으며
휘갈겨 쓴 작가의 펜으로 필적을 보관했다

고지혈 증세에도 시 쓰기
대학 여객선 타면서
벤자민 잎과 향기 경험들은 밑거름 되어
섬진강 시인 시보다 더 좋은
내 시집 한 권 되기까지
60대 나이에 학생증은 축복이다

합격증서

속 눈물 한을 풀어보겠다고
검정고시학원에 갔다
남녀노소 배움의 장소

여덟 과목이 벅찼다
돋보기로만 볼 수 있는 깨알 글자 글씨에 눈 박고
한 권씩 짚어 나가니 화덕처럼 몸뚱이 더워지네

잘 가던 경조사도 발길을 끊었네
검정고시 교과서와 인생을 바꿔 살았다
한 페이지 읽고도 뇌는 엉클어진 실타래

문제에 헤매면 늦은 밤에 막눈이 되었네
손에 든 메모지가 오가는 길에서 다 낡았다

뒤늦게 손에 쥔 대입 검정고시 합격증서

혜화동 학습관

혜화동 대학로 마로니에 공원길
낯설고 서먹서먹한 방송통신대학 학습관

선배는 후배가 포기할까 봐 자상하게 가르친다
하남에서 버스 타고 전철 바꿔서 혜화동 학습관 가면 녹초다
선배 강의는 등불이지만 시험 볼 때는 손에 진땀이 난다

시험에 허둥거리다 동아리 모임에 갈 때는 신명이 난다
동아리 회원들은 한 잔 술에도 청산유수다
선배가 주관하는 비평 작가 세미나 문학기행도 간다
소극장에서 연극 출연하는 선배 작품
마로니에 공연도 솔찬히 잘 다녔다

젊음과 희망으로 넘실대는 마로니에 공원길
연극공연 포스터 황금색 은행나무잎 보면서
오늘도 학습관에 간다

능소화

새 교과서를 받고 나서
청각장애로 어깨가 무겁고 한숨이 절로 날 때
선배가 사용한 소중한 헌 교과서를 내게 주었다

선배의 깨알 같은 글씨와 빨간 줄 파란 밑줄
졸음을 삼키려 커피 흘린 얼룩진 책장
선배의 체취 담긴 소중한 책
전공 교과서 물려받고서야 나는 자신감이 생겨났다

평소에 책을 드문드문 거북이처럼 읽다가
시험 날짜 발표되면 바짝 토끼눈이 되었다
선배가 "시험은 잘 봤니?" 물어보면
"세밀한 표시 따라 공부해서 과락은 면했어요"
해마다 선배의 교과서를 물려받으며
나는 상급 학년에 능소화처럼 기어 올라간다

동아리

인터넷 바다를 떠돌다
네이버 학습 카페 동아리를 찾았다

학습 카페를 다람쥐처럼 들락날락
학습동아리 회원만 볼 수 있는 글과 사진들
일주일에 한 번 학습동아리방에 기러기처럼 모인다

고전 현대 국문학 낡은 머리에 담으려니 벅차다가도
체육대회, 호프축제, 책거리 행사
만학도 남녀 모두가 서글서글한 얼굴들

스마트폰 사진들 카페에 올리니
나도 수용미학동아리 그들 사진 속에 끼어 있네
선후배 글이 맛깔스러워
나도 덩달아 댓글을 써본다, 먹음직하게

행복 빨랫줄

주부로 살다가 빈 빨랫줄
육십에 빨래 대신 금속활자들
대학생 열두 과목 책들이 주렁주렁 매달렸다

출석수업 과제물 기말시험으로
녹슨 뇌를 두드려본다
도서관에서 달빛 보고서 집으로 갔다

한 학기 마치면 여기저기
교수님과 행사 학습동아리 여행과 책거리
마음에 젖은 체험들

개학 전에 빨랫줄에 걸어 말리며
새 학기 준비에 들뜬 행복을 걸어본다

8층 804호실

책과 씨름하며 시험준비하고는
결전의 장소인 학교로 갔다

1층 엘리베이터 앞에 붐비는 사람들
각층마다 내리고
남녀 노령자 장애인들 남아 내렸다
보호자 없는 노령자 8층에 서너 명 지체장애 청각장애
804호 교실에 나도 끼었다
보호자와 함께한 시각 장애인은 802호 교실

8층의 특별 관리 대상에게는 금쪽같은 10분을 더 준다
복도에서 필기한 메모지 읽다가 들어가
시험지 받아 놓고서
눈으로 씹어 먹듯 답을 찾는다
10분의 여유로 미로 속에 정답을 만났다

중간 기말 불철주야 시험준비하는 노령자 장애인
8층에서 홀가분하게 끝내고
당당한 얼굴로 1층으로 내려간다

71번 교육학과 언니

일주일에 한 번씩 혜화동 학습동아리에 갔다
4년 동안 무지갯빛 추억은 가득해도
졸업장은 없었다

학습동아리 졸업하고 동네 도서관에 다녔다
내 나이와 비슷한 만학생 서너 명
초면인데, 녹차 향기가 났다
"졸업장은 학교에 보관해 두고 나중에 찾아도 돼요"
봄날 아지랑이 말솜씨에 냉가슴이 녹아 내려갔다

열꽃 몸으로 2층에서 3층 열람실. 컴퓨터실 다니다 오면
옆자리 71번 좌석에 자석처럼 앉은 교육학과 언니는
"어디 갔다 왔니?" 기린 목을 빼어 물어보곤 했다
가끔, 내 국문학과 교재를 반딧불 눈으로 훑어도 보았다

우리 동네 도서관 교육학과 71번 언니의 관심으로
내 졸업점수에 목화꽃이 피었다

반딧불 눈으로

도서관 자유열람실
좌석 배정표를 받아 자리에 앉았다

우산을 접듯이 집안일 모두 접고는
대쪽같이 앉아서 반딧불 눈으로 글을 읽어 내려간다
태양 볕에 나뭇잎처럼 문장이 익어 주었다
신경안정제 먹은 듯 반짝 해바라기가 되어준 도서관

빈 가방을 메고 가서
역사, 고전, 현대, 다양한 참고 문헌 빌려 보고
중고등학생과 나란히 앉아 학기시험을 준비한다

콩나물시루처럼 어린 학생까지 가득하더니
방학 되면 콩나물 뽑아내듯 듬성듬성
나는 아침부터 저녁까지
대쪽같이 앉아 반딧불 눈으로 글을 읽어 내려간다

졸업사진 없는 졸업식

수용미학 동아리 선배는 자신의 책을 나에게 물려주었다
학수고대하던 졸업을 하고
헌책을 정리하다 선배가 생각났다

첫 입학 스터디 때 학습부장 선배는
교재를 읽으면서 밑줄 긋기를 알려주지만
청각장애로 책 밑줄을 긋지 못했다
옆 사람에게 의지해 부담을 주었지만

흰 머리카락 선배는 아낌없이 책을 물려주었다
매주 목요일 혜화동 동아리방에서 공부하고
동기생들과 제주도 졸업여행 갔다
수용미학 스터디 선후배는 끈끈한 사이였다

뒤늦게 졸업점수 넘겼지만 코로나19로 동영상 졸업식
함께 모여 사진 못 찍은 졸업식이 되었다
학사모 쓴 내 얼굴에 선배 웃는 얼굴이 겹쳐진다

미루나무처럼

기초가 없어서 가당치도 않은 글쓰기지만
용기 내어 창작교실에 등록하였다

나에게 시 쓰기는 높기만 한 미루나무다
주제에 초점을 맞춰보고
사진사처럼 눈어림도 한다
방석 위 궁둥이에 불이 붙는다

이런 날이면 남한산성 드라이브로 머리를 식혀준 당신

지난날 쓰다 만 시에서 나의 가슴이 되어준 당신
다 쓴 글 자랑하면 빠진 토씨나 어휘를 교정해 준 당신
공기 같던 당신과 글쓰기의 기초지식을 익혀 나갔다

새털 같은 머리와 맑은 눈이 되어
이제는 혼자 자라는 미루나무처럼
글을 써보리라

홀씨처럼 가볍다

어린 여대생처럼 분분하게 발걸음은 가볍다
책 펴 놓고 앉으니 눈과 귀는 할미꽃이다

달력에 여러 약속 동그라미 치다가
교과서만 친구로 정했다
건조한 눈과 어둑해진 귀
인공눈물과 블루베리에 검정깨로 달랜다

과목마다 미로 속의 책 내용 알 수 없어 금방 잊었다
눈과 뇌는 과부하에 시달려 금방 노그라지다
뒷목에 전율이 와서 기체조 명상 호흡을 한다

얼개미처럼 꽉 짜여 있는 학교 교재들
거듭 읽고 반복하니 겨우 눈에 익어간다
시험날 머리는 갸웃거리지 않고 풀었다
첨단 곰두리 장학증서가 안겨 왔다

모든 시험 끝내고 방학으로 홀씨처럼 가벼워진 마음
시 창작 교실로 돌아가니 문우文友들 따뜻이 맞아준다

— 금빛보자기 —

제3부

문학의 길잡이가 되어서

봄꽃축제

미사리 경정공원에 벚꽃축제가 열렸다
4월 초 꽃망울이 맺히면 상춘객들이 모여든다

벚나무 언덕 위에 핀 진달래 한 무더기
가지가지마다 꽃망울 고깔모자 벗겨지고
일제히 꽃 속살 톡톡 터져 나온다

벚나무 가지마다 분홍 드레스 갈아입고
새색시 얼굴 연분홍 잎으로 화장한다
홑벚꽃 지고, 왕벚꽃 무리들이 진분홍으로 흐드러진다
주렁주렁 복스러운 겹벚꽃
그 옆에 연보라 라일락꽃
크고 작은 꽃송이 향기로 가슴에 불을 피워준다

공원 안으로 모인 가족 친지들
여기저기 스마트폰으로 꽃을 담는다
미사리 경정공원 찬란한 봄꽃축제

나무에게 기대며

이른 봄 나뭇가지에 알알이 맺혔던 잎눈
기지개 켜고 손바닥 쫙 펼쳤네
푸른 잎에서 뿜어내는 공기
솔향기에 멍한 머리가 맑다

한 편의 시를 쓰다가 그만 어둠에 갇혀 버린다
내 머리의 수액을 뽑아내는 하얀 밤

빨간 토끼눈에 무거워진 몸
찬 공기 마시며 앞산으로 오른다
고단한 등짝 나무에 기대니
실타래의 끝이 무상무념으로
문득 떠오른 보석같이 빛나고 있다

윤동주 시를

백두산 오르는 여행코스에는
윤동주 생가 방문이 들어있었다
아들이 보내준 효도관광이다

허허벌판 북간도
윤동주가 살던 명동촌
어린 시절 산천초목을 보며 자란 문학소년
생가 입구에 그의 시를 돌에 써서 우뚝우뚝 세워 놓았다

용정중학교 교문 돌비석에 '서시'
교실 복도에 세월 흔적 누런 원고지에 남은 필체들
윤동주 시들이 촘촘하게 전시실에 놓여있다
고향을 그리며 쓴 '별 헤는 밤'은
중학교 교과서에 실려 있다

백두산 천지 사진을 보고 또 보고
윤동주 시집을 가방 안에 가슴 안에 품고 산다

백두산 여행

동네 한 바퀴만 걸어도 무릎에 통증이 왔다
외국에 있는 아들에게서
백두산 여행 갈 수 있느냐고 전화가 왔다
북파 코스는 걷는 구간이 적다고 권하였다

무릎통증으로 백두산 여행을 망설이다가
미련이 초승달처럼 남아서 병원에 갔다
의사는 "여행 갔다 와야 후회 안 합니다. 치료하고 가세요"

백두산 입구에는 소낙비 바람으로 우산이 춤추고
우비 입은 관광객들 펭귄행렬처럼 가이드 따라다닌다
셔틀버스는 백두산 천지가 보이는 곳에 우리를 내려놓았다
여우 둔갑한 쪽빛 하늘에 사방이 안개다
천지 수면에 흰구름 탄 선녀의 날개 자락이 보일 듯하고
천지 둘레는 웅장한 현무암 모난 모양들, 고원에 야생화
천지 표지석 앞 여행객들 사이에서 사진을 담았다

무릎 염려하다 못 갈 뻔했던 백두산 구경
아들에게 백두산 천지의 정기를 담뿍 보내준다

눈 내리는 설악산

울적한 마음 안고 양양으로 갔다
오전에 눈이 살살 내려서 설악산 가는 버스를 탔다

설악산 케이블카 매표소에서
등산복 차림의 남녀 외국인과 같이 기다리는데
하늘에 흰 눈송이가 세차게 휘날린다

케이블카를 타니 사방에 흰 눈송이
하늘에서 팡팡 쏟아지는 흰 눈송이
흰 눈을 품은 나뭇가지는 사슴뿔처럼 돋보였다
굽이굽이 능선마다 흰 눈꽃 품은 설경은 산수화첩이다

등산객들은 "설악산에서 설산을 보다니 행운이다"
설산의 정기 받아 나의 동백꽃이 피었다

텅 비었다

하루의 피로가 겹쳐져 통증이 올 때쯤
거실 유리문 넘어 액자 속 앞산으로 발길을 옮겼다
시원한 바람에 새소리 들리고
스쳐 지나가는 청설모들
내 짊어지고 온 가시밭도 그들 따라 저만치
내려앉는다
흐려진 거울을 닦고 또 닦는다
꼭꼭 뭉쳐둔 마음 울타리에
나는 감옥 하나 키워왔구나
땀 흘리며 산길 오르니 내리막도 있고
흙 위에 낙엽이 나뒹굴어 발밑에 깔린다
찢기고 부서져야 생명을 기른다
마음 그릇 비워지니 아픔 그릇도
텅 비었다

목련꽃처럼

글자 수 적은 시 단어들
진실이 담겨 있다

밤잠 잊으며 쓰다만 시 한 줄
한 줄 꼬리 잡고 나열하고 지우다가 하얀 밤 지새운다
이백은 시를 쓸 때 달과 술에 취해서 영감을 얻었다는데

얼개미에 시어를 고르고 다듬고는
쉰 목소리로 읽고, 다시 읽는다

배우고 익히며 따끔한 합평으로
나의 시는 목련꽃처럼 피어난다

작은 식물원

베란다에 큰 관음죽 잎이 부챗살로 펼쳐졌다

관음죽을 애지중지 키우던 사촌
비좁은 베란다에 큰 화분 관음죽이 영양실조가 되어
연두색 잎사귀로 시름시름 앓는다고 우리 집에 가져왔다

관음죽 화분을 쏟아서 뿌리를 다듬고
퇴비와 배양토를 섞어서 잘 심어주었다
햇빛 잘 받는 관음죽
진초록 부챗살 잎사귀로 변하고 윤기가 났다

이성산이 보이는 베란다 안에 작은 식물원
공기 정화하는 관음죽과 호접란 고무나무가
환하게 웃고 있다

자연과 대면하다

엘리베이터 숫자를 눌러놓고
복식호흡을 한다
아파트 뒤쪽의 소나무들이 향기를 보내준다

언덕 위 벚꽃은 한 폭의 꽃구름
산책로 흙길 소나무 맥문동과 회양목
앞산 그 아래 텃밭에 상추 오이 호박 모종을 심었다
봄의 잔 나뭇가지마다 봉긋한 꽃송이들 빛나고 있다

코로나19 창궐하기 전, 일과 약속에 묶여서 산책로를 잊었다
덕풍 그린공원도 본 듯 만 듯했다
사람과 비대면으로 산책로와 밭을 만난다
잊고 지내던 내 마음 속 휴양림을 만난다

새 보호하기

작은 새가 나뭇가지 위에서 지저귄다
하늘을 자유롭게 날던 새들이
투명한 유리 방음벽과 충돌한다

새는 날면서 생존 위해 포식동물을 방어한다
시속 72킬로미터로 나는 새들
투명유리를 인지 못하는 박새 힝둥새 직박구리

버드세이버 봉사자가 지도처럼 흩어진 깃털
죽은 새의 사진을 스마트폰에 담아 공개했다

봉사자들은 경기도 미사지역에 설치한
투명유리 방음벽 안쪽에다 점찍기 선 표시 스티커를 붙인다
일 년에 800만 마리 충돌을 스티커로 막는다

새의 생명을 지켜주면 자연 생태계 보전하고
생태계에 지표 역할을 한다
인간의 생명도 살린다

장애복지관

보호자가 아동을 맡기고 가면
3시간 돌봄 봉사가 시작된다

한 교실에 사오 명 지적장애 자폐증 어린이
학교에서 적응 못하는 아이
비정상적인 행동에 글도 낙서하듯 쓴다

내가 장애복지관에 가면
반갑다고 나뭇잎 손으로 살랑살랑 흔든다
사랑의 마음으로 세세하게 손길을 주면
문제행동이 수그러지고 글 쓸 때도 차분해진다

돌봄 시간이 끝나고 차분해진 아이
보호자는 아이 손을 붙잡고 환하게 웃는다

새의 공연장

아파트 뒤쪽 산책길 지나가면
큰 나뭇가지 위에서 산새 울음소리 들린다

여름날 새 합주 소리 들으며
느린 걸음으로 걷다 보면
내 마음은 낙숫물 떨어지듯 청아해진다

나뭇가지 위에 새는 울음소리 내며 날다가
먹잇감을 발견하면 번개처럼 부리로 물고는
둥지 속으로 쏙 들어간다

새는 부리로 날개 깃털을 쪼아
털어내며 자기를 가꾼다
산책길은 새의 공연장이다

아동봉사 · 1

일주일에 한 번씩 복지관에 간다
입학 전 장애 아동에게 학습 봉사하러 간다

정서적으로 불안정한 자폐증 어린이들
일곱 살 어린이 수준이 모두 달라서
담임교사와 한 명씩 눈높이에 맞춰 가르친다

학습 책을 읽고 그림에 선 긋고 쓰기 하는 아이와
학습교재에 낙서하다 안 한다고 억지 부리는 아이
담임교사는 자폐증 아이가 원하는 장난감 놀이도 한다

교실 밖 복도의 트램펄린 위에서
남녀 아이들 퐁퐁 높이 뛰고 놀 때면
여러 명 교사는
실과 바늘처럼 따라다니면서 보살펴준다

아이가 낱말카드 읽으면 맞춰 주면서 같이 놀아주고
정다운 말투로 보살펴주니
아이가 정서적으로 안정되어간다

보호자는 담임강사를 만나면
변해가는 아이 모습에 고마워한다
집에서 고분고분해지고 편식 없이 밥도 잘 먹고 밝아졌다고
이야기할 때는 봉사일이 자랑스럽다

아동봉사 · 2

일주일에 한 번씩 복지관에 간다
두 시간 동안 준희를 맡은 일일교사다

장난감 놀이하다가 수업 시작을 알려줘도
손에 자석처럼 붙은 장난감
십여 분 늦어진 수업시간에 글쓰기
삐뚤삐뚤 애매모호한 자음들 뭉그적거린다

준희가 장난감 축구 놀이할 때 나는 상대자가 된다
서로 공을 넣으려는 손가락이
다람쥐가 되어서 승패에 승복한다
보드블록 놀이할 때는
색이나 모양을 한쪽에 모아주면 빠르게 맞춘다
수업시간에 글 쓰다 "비읍이 비뚤어졌어" 지우고 새로 쓴다

가끔, 담당 복지사가
"오늘 준희 못 나와요" 할 때는 눈에 선하다
토끼 같은 준희 대신 다른 아이와 글 쓰고 낱말카드 놀이한다
복지관에서 아이와 정들고, 다른 장애 아이도 더러 보살핀다

오래 살다 보니 정든다

새로 입주한 아파트
거실 유리문 밖 야산이 훤하다
화단에 조경석과 철쭉도 서로 멀뚱멀뚱
떨어져 앉는다

버스를 타야 시장과 슈퍼 은행 편의점 갈 수 있다
아파트 단지 밖에 수시로 다니다가
냄비 안에 끓어 넘치는 마음 아우성쳐
겨울밤마다 이사를 꿈꾼다

거실 넘어 야산의 푸른 잎들 돋아나고
벚꽃 한 무더기가 내 눈을 붙잡는다
화단에 철쭉꽃 진분홍 천국이다
오래 살다 보니
내 맘에도 꽃들이 피어난다

무지개 핀다

아동 학습 봉사하러 장애복지관에 다닌다
방송대학 졸업 전에는 어르신에게 한글 봉사했다
장애복지관 한 교실 학생 5명 봉사자 5명
아동에게 학습과 장난감 놀이, 체육 모두 3시간

자폐 아동마다 여러 가지 증상들
수업시간에 소리 지르고 울거나 돌아다녀서
녹록지 않은 지도
아동을 다스려서 멈추게 하고
고사리손으로 연필을 잡고 한글을 쓸 수 있게 도와준다

젊은 봉사자와 같이 일하면 내 마음도 꽃이 된다
한 명 아동 옆에서 찬찬히 가르치고 체육 시간은 함께 웃는다
미취학 저학년 아이 가르치고 배워서 내게도 무지개 핀다

창문을 열면

고층아파트 창문 열면 이성산 능선이 보인다
겨울 눈이 덮이면 흰색 모자이크된 주말농장
집안 거실과 안방에서 사계절이 보인다

이십 년 전 아들 대학 졸업 2년을 남겨놓고
서울에 전철 5호선에서 또 바꿔 타고 학교에 다닐 때
남편이 하남은 공기 맑고 자연환경 좋다고 우겨서 이사했다
나와 아들은 교통사정 푸념 섞인 볼멘소리를 했다
아들은 애간장을 졸여가면서 학교를 졸업했다

서울에 취업하고, 독립한 아들 교통지옥을 벗어났다
공기 맑은 산책길 진달래 개나리 벚꽃 구경하다가
나는 남편에게 "꽃나무 속에 살다가 이젠 서울은 못가
덕풍동 산책하기 딱 맞아 평생 살아야겠어"

주말농장에서 상추 오이 호박 가꾸는 남편
창문 열어놓고 이성산 능선을 바라보다가
벚꽃 구름이 두둥실 뜨는 모습에
"저것 좀 봐" 서로 환호한다
사계절 시상이 절로 떠오른다

한글 문해 봉사

평생교육원 나이 지긋한 어르신에게
문해 봉사한다

처음 차근차근 자음 모음 읽어주고 쓰기도 한다
어제 읽었지만 한글 기초 자음 열네 자와 모음 열 자
혼자 처음은 읽고는 다음부터 입안에서 맴돈다

반복해 소리 내어 읽어주고 칠판에 써 놓으면
어르신은 공책에 빼곡히 개미처럼 쓰고
모두 다 같이 기억할 수 있게 소리 내어 읽는다

한글사랑 삼매경에 빠지는 어르신
문장도 혼자서 읽고 쓰고 가슴에 한을 풀어내신다
내 가슴에도 보람꽃을 피워주신다

주왕산

산이 좋아
먼 길을 굽이굽이 돌아
산봉우리에 올랐다

구름 아래
하늘의 기를 받은
웅장한 바위들
하나같이 기묘하고 경이롭다

제 1, 2, 3의 폭포
절경! 절경!

잊을 수 없는 주왕산
다시 오르고 싶구나!

한 줄기 빛

시는
나의 구세주

글동무와
숲속을 걸으며
긴 호흡 해 보지만

고뇌의 세월
가슴 깊은 화판에
정情을 심어놓고
가슴앓이하지만

남이 써놓은
시집은 그림으로 얼룩지고

뒤늦게 배운 나의 시
기쁨과 환희
벼랑 끝에 만난
한 줄기 빛이어라

은총

미루고 미루었던 '레저마리애' 봉사
책과 수첩을 받았다

봉사회 가입 안 했을 땐
친인척 모임으로 남한산성 오리백숙 집에 다니면서
남한산성 안에 순교성지 있다는 말을 못했다
종교가 다른 친척에게 내 종교 내세우지 않았다

성당 레저마리애 봉사자는 봄 가을에 야외행사 간다
성지성당은 이국적 모습 멋스러운 성당
남한산성 순교성지에서 미사 드린다
천주교 박해 때 순교한 성인 묘 앞에서 숙연해진다

남한산성 죽산 미리내 성지순례 다니면서
기도와 봉사 야외행사
성당 레저마리애 봉사활동은 은총이다

— 금빛 보자기 —

제 **4** 부

이웃과 함께

금빛 보자기

항아리 향기

베란다 화초들 속에 항아리 하나 있다
배가 불룩한 빈 항아리

옛집 장독대엔 크고 작은 항아리들 가득했다
순 서울 토박이에겐 시어머님표 간장 된장 고추장이 낯설기만
손수 장을 담글 때도 나는 강 건너 불구경

햇볕 잘 드는 날
아침에 항아리 뚜껑 열고 저녁에 덮는 건 내 차지
장이 잘 익어가면 흡족해 하시던 시어머님
"식구도 적은데 이리 많이 하세요?" 내가 물으면
"너는 참 욕심이 없네" 빙그레 웃으실 뿐

맛스러운 명절 음식은 요리연구가 버금가는 시어머님 작품
찾아온 친척들 입은 호사하고, 손마다 들려지는 고추장 된장
시어머님 하늘나라 가시니
가득하던 항아리 하나, 둘 자취 감추고
새 아파트 베란다에 덩그러니 시어머님표 항아리 하나
내가 담근 매실 그리움으로 향기 솔솔 묻어난다

발왕산 여행

해마다 농아인협회에서 여행을 간다
발왕산 케이블카 타고 싶어 복지사 따라갔다

탑승권을 기다리다 더위에 기진해도
탑승해 케이블카 상공으로 20분 오르면
와! 천년 숲길 주목나무가 환호하고
260여 그루 주목나무 멀리 보니 황홀하다

정상인 복지사와 농아인 수어로 교감하고
답답한 귀가여행으로 뻥 뚫린다
서로 낯설지만 여행은 한 빛깔이다

정상인과 난청인 농아인과 같이하는 여행
서로에게 치자꽃이 되어 준다

터줏대감

거실에 몬스테라 화분
헤벌쭉한 넓은 잎사귀 구멍이 숭숭

원예사 같은 키 작으신 시어머님
빨랫돌 앉아있는 옛집 작은 마당에
맨드라미 채송화 분꽃 씨앗 심어놓고
산에서 폭 삭은 낙엽층을 가져와 섞어주었다

화원사 부럽지 않은 시어머니 손재주
초여름 포도꽃 향기 마당에 가득하고
담을 타는 빨간 장미 넝쿨
손님들이 꽃이 멋있다고 하면 환히 웃던 시어머님

"여자는 욕심이 있어야 한다"고 하시던 시어머니
봄꽃축제 사월에 돌아가셨다
아파트 베란다에 호접란 관음죽 자잘한 화분들
긴 세월을 같이한 어머니의 화분들 터줏대감 되었다

큰아들과 여행

외국에서 6년을 살다 온 큰아들
아버지 팔순 다가오니 이 생각 저 생각

"외국여행이 어떠세요?"
"좋은 데 나이가 있어 힘들어 너도 같이 가련?"

일본 홋카이도 3박 4일
부부나 모녀 친목 단체 사람들로 이뤄진 일행 중
아들이 부모와 온 사람은 우리뿐이다
일본 여행지에서 부모 손을 꼭 잡고 다닌 아들

호수가 보이는 노천 온천과
화산 폭발이 만들어 놓은 도야호수
팔순인 아버지와 미혼인 큰아들
유람선 함께 타면서 즐거움 반 서운함 반

집에 돌아오니 작은 며느리의 예쁜 목소리
"아기가 어려서 못 갔어요
좀 크면 우리랑 또 여행 가서요!"
자식 키운 보람

꽃이 핀다

작은 가방 들고는 삼삼오오
잡티난 얼굴 꾸미지 않은 그대로
아파트 앞 버스정거장
운동으로 서로가 눈에 익은 사이
얼굴만으로도 무슨 운동을 하나 알 수가 있지
환갑줄이거나 칠순쯤이면 아쿠아 에어로빅
젊은 축이면 수영 헬스 스포츠댄스
같은 아파트 오래 살아도 서로 낯선 얼굴들
함께 운동하며 낯이 익어간다
마주 보고 웃는 얼굴
달리는 버스 안에 호박꽃이 핀다

휴가를 양양에서 보내며

양양에 살고 있는 여동생은 임의로운 사이다
휴가철이 돌아오면 가족 모두 양양에서 보내곤 했다

여름 피서철에는 삼부자가 하자는 대로
동해바다에 모래 밟아 걸어보고
낙산 해수욕장에서 검정 튜브 끼고 헤엄쳐 보고
대포항에 구경하고 싱싱한 회도 먹었다

나 혼자서 양양에 오면 동생은 알아본다
내 울적한 심사는 성당 척산온천 양양오일장에 다닌다
삼부자와 못 가본 곳을 찾아서 뭉친 마음도 풀어진다

동생과 제부는 "언니 양양에 유명한 맛집 있는데 가요"
동생 내외는 베풀고 인정하고 허허 웃어서
휴대폰 배터리에 충전하듯 양양동생에게 힘을 얻는다

기다려지는 여동생 집

동생은 양양 정암해수욕장 앞에서 레스토랑을 운영한다
실내 장식 전문가처럼 고풍스럽게 꾸며놓았다

바닷가 어촌과 농촌집이 드문드문한 양양 회룡리에서
가난한 신혼 때부터 시아주버니와 시이모를 의지하며
사업수완을 배우며 산전수전 겪었다
서울 그리움도 꾹 참고
시아주버니와 시이모님을 부모님처럼 모셨다

정암해수욕장 건너서 풀로 가려진 빈 땅에다
침목으로 이층건물에 통유리 창문하고
'설악역' 간판을 달았다
창틀에 아기자기한 꽃 화분을 놓고 잔잔한 음악소리에
반짝이는 물결과 모래톱 유리 창문을 보면서 커피와 식사
늘 주차장에 차들 들락날락해 베풀면서 살게 되었다

여름이 되면 제부는
"허허 방학인데 애들과 놀러 오셔야죠. 허허"
언제나 푸근한 목소리 따라 가족이 강원도에 간다
제부는 랍스터 요리해서 식탁에 가득 차려 놓으면

두 아들 설레기도 했다
여동생은 강원도 명승지 안내자가 된다
낙산사 속초 구경으로
해마다 여름 방학이면 강원도 여동생 집이 기다려진다

내일은 너와 함께

의자에서 일어나려면
무릎은 굳어져 쉽게 펴지지 않았다

어깨에 가방 지면 도리질하는 내 무릎
가까운 거리에도 뒤로 처지는 거북이
활을 당기듯 휜 다리로 변했다

헌 연골 도려내고 새 인공무릎관절수술
홀로 재활운동은 울음 반 기대 반
환해진 얼굴로 걷는다는 기다림

거울에 비친 일자 각선미 다리
평평한 땅을 걷는 감격

내일은 사람들과 나란히 걷고 싶다

이웃과 나눔

봄에 심은 여섯 종류 상추 모종
주말농장이 푸른 잎으로 물결친다

열 평 땅에 상추 모종 심어놓고
열흘 뒤 호박 모종 한 개
가지 오이 고추
깻잎 토마토 네 개씩

땅내 맡은 부채 같은 상추 따와서
각기 다른 상추 모양 섞어 봉지에 담아놓고
아파트 위층과 아래층에 기계소음 미안해 하며
상추 봉투를 건네준다

열무 오이 고추 상추
식탁에 유기농 야채 반찬들이 넘실넘실
이웃과 상추 나눔으로 흐뭇한 마음

호박 사랑

거실 화분받침 위에
황톳빛 둥굴넙적한 늙은 호박

돌 같은 꼭지와 밑둥을 잡고
골 무늬 따라 갈랐다
실핏줄처럼 엉켜 붙은 씨를 걷어내고
겉껍질도 벗기니 황금빛 속살은
달디단 호박죽이 되었다

여름 뙤약볕 아래서 여물어진 호박
애호박 호박잎 호박죽으로
남녀노소 좋아하는 건강식품이 되었다
멋과 맛을 살려주는 늙은 호박
아낌없이 다 주는 부모 사랑이다

대나무 채반

대나무 채반 안에 표고버섯을 얇게 썰어서
베란다 해가 잘 드는 곳에 놓았다

명절 제사상에 올리려고
통녹두는 맷돌에 갈고 통북어와 도라지 껍질을 벗겨놓고
고사리, 도라지, 시금치 삼색 나물 손질하였다

명절 전날 시어머니가 맷돌에 간 녹두를 반죽해 주면
나는 녹두빈대떡을 보름달같이 부쳐
큰 채반에 부채처럼 펴놓았지
동태전과 호박전 동그랑땡에서 기름 향이 집안에 배었지
세 개 큰 채반 본 시어머니 "예쁘게 부쳤네"
그 많던 부침개들 손님이 간 후엔 작은 채반 한 개만 남았다

어머니 돌아가신 뒤 친척분들 발길 끊기고
명절 제사도 간소해지고 입맛도 변했다
큰 채반들은 뜯어지고 아래쪽이 모두 빠져 버렸다
어머님표 손때 묻은 작은 대나무 채반만 남아서
실바람에 버섯과 가지를 말리고 있다

소소한 기쁨 · 1

누군가 경비실 앞에 화분을 놓고 갔다
이름도 모르는 화초를 집으로 가져왔다

잎사귀도 없이 죽은 듯 긴 줄기와 뿌리만 있었다
마른 흙을 엎어서 퇴비와 배양토를 섞어주고
긴 줄기는 반 잘라내고 뿌리는 다듬어 화분 안에 도로 심었다
햇볕 드는 베란다에 화분 놓고
촉촉하게 물주며 기린 목이 되었다

잠자던 원형 줄기에 좁쌀만 한 싹이 촘촘히 돋았다
긴 이파리가 겹겹이 허공으로 쭉쭉 자라났다
이파리가 휘어지면서 부챗살처럼 보였다
이름 궁금해 사진을 찍어 검색해 보았다

'드라세나 마지나타' 공기정화와 습도 조절을 잘해준단다
고무나무 몬스테라 관음죽과 어울려
거실 창가에서 소소한 기쁨을 준다

초록 바다

우리 집 베란다에 남새밭이 있다
다닥다닥 붙은 스티로폼 상자
바둑판 모양 텃밭들
고추, 상추, 호박, 오이, 아욱이 자라난다
날마다 물주며 눈 맞추는 사이
연녹색 잎이 아기 손을 뻗어 내게 인사한다

오다가다 보는 주말농장들
싱싱하게 자라는 배추 무가 마냥 부러워
아파트 베란다에 남새밭 가꾸니
우리 집 식탁이 날마다 초록 바다로 넘실댄다

이제 살겠네

20년 된 낡은 엘리베이터 새것으로 바꾸느라고
아파트 엘리베이터가 초복날 멈췄다
초복 중복 말복 낀 한 달간
비상계단 걸어서 19층까지 오르내린다

신문 우유 배달이 중단되고
1층 현관에 물건 상자만 놓고 간다
약한 다리로 비상계단 19층을 걷는 날벼락
1층에 사는 이웃은 계단 올라가는 나를 안쓰럽게 바라본다

계단 중간중간 쉼터 간이의자 5개
계단을 올라갈 때나 내려갈 때 빈 의자에 앉는다
중복에 제철인 노각을 사들고 오르는 남편 땀범벅 옷으로
간이의자에서 쉬다가
15층 이웃을 만나면 의자를 양보하고 다시 올라간다
엘리베이터 공사하면서 이웃과 서로가 동병상련 느낀다

말복날 완공된 엘리베이터 번호판 숫자 콕 누르니
문 열리고 새가 나는 순간에 19층이다
이웃 만나면 "이제 살겠네" 하며 환한 보름달이 된다

스마트폰 신세대

손전화기를 스마트폰으로 바꿨다
화면에 메뉴가 즐비하다

매끈한 화면에 터치로 꾹 누른다
무딘 손가락으로 아들에게 써 본 문자
혼동하여 쓰다가 그만
날개 잃은 새 되어 날아갔다

다시 자음과 모음을 퍼즐처럼 맞추어
뿌리 깊은 마음 담아 보내니
아들은 하트 잎 이모티콘으로 사랑을 보내왔다

건강식과 행동의 지침들
오려놓은 신문들
카카오톡에 여행사진과 함께 전송한다

스마트폰 덕분에 나는
신세대가 되었다

편지 덕분에

아들이 군대에 가면서부터
아들의 빈자리가 허전해 편지를 썼다

입대할 때 아들은 여자 친구가 없었다
나는 편지를 좀 더 잘 쓰려고
문화센터 수필 교실에 등록했다

수필 교수님 명강의로 수필 시 읽으면 하얀 밤
아들에게 편지 쓸 때는
독서를 많이 한 덕분에 술술 써내려갔다
소설 '상도 1, 2권' 수필 자서전을 읽고
독후감을 컴퓨터 자판으로
탁탁 쓰고 저장하는 게 낙이었다
"문장이 어떠니?"
"글이 좋아졌어요" 아들의 한마디에
금목걸이 선물 받은 듯했다

아들 제대 후에도 계속된 학교 공부와 시 쓰기는
군대 간 아들에게 편지 쓴 덕분이다

도시락

수학능력시험 보는 수험생 위한
엄마들이 성당에 모여서 기도를 시작했다

1998년 고등학교 3학년은 점심 도시락 들고 다녔다
밤하늘의 별빛 보고 집에 오는 수험생
잠은 부족하고 몸은 물먹은 솜

점심 도시락 잡곡밥 반찬통에 달걀 고기 나물 넣고
저녁에 새로 콩 밤 넣어 지은 밥
단백질 반찬 도시락을 들고 가면
20분 거리 교문에서 아들은 살갑게 도시락을 받았다
신문기사에 수험생 건강식단 읽고
나는 음식을 바꿔줄 궁리만 했다

11월 수능시험 전날
아들과 성당에서, 불안 초조 없이 시험 볼 수 있게 기도드렸다
수능 점수 발표날 아들의 환한 얼굴
전업주부 특기 요리가 도시락 반찬 만들기의 무지개 되었다

얼씨구 좋다!

주민자치센터에 기체조 등록했다
기체조는 60대 70대 어른들이 등록해 다녀서
빈 자리가 드물다
오전반 대기자로 등록하고 기다렸다

드디어 기체조시간
관장의 몸동작 보고 기러기떼처럼 따라 한다
온몸 구석구석 두드려서 활력 준다
손바닥으로 단전 치다 명치에 실타래 뭉치를 주먹으로 때리면
감정의 기복도 사라진다
손 쫙 펴서 접시 돌리기 하면 목 허리 관절이 부드러워진다
나무처럼 팔 쭉 펴서 손은 흔들어 "얼씨구 좋다!" 합창 소리

나의 신체에 햇불 붙여준 기체조
볼그레해진 얼굴 활기에 넘친다
골골한 몸과 마음을 치유해 주는 기체조
얼씨구 좋다!

운명을 개척한 삶의 노래

— 이준순 시집 『금빛 보자기』의 시세계

이혜선

(시인 · 문학평론가 · 문학박사)

1. 삶의 진솔한 기록

 이준순 시집 『금빛 보자기』는 한 마디로 자신의 운명을 개척해 가는 인간 승리의 기록이며 노래이다.

 시인은 두 아들을 훌륭히 길러낸 행복한 가정의 주부로 만족하지 않고, '늘 강물 소리가 들' 리는(「나의 바다에게」) 청각장애의 귀로 60대 나이에 대입 검정고시 공부를 하고, 이어서 대학에 입학하여 공부하는 학생이 되었다. 자신을 위한 공부만 하는 것이 아니라, 주위를 둘러보며 도움이 필요한 곳에 바쁜 시간을 내어 봉사하는 봉사의 삶을 함께 해 왔다. 뿐만 아니라 틈틈이 시창작 공부를 하여, 이러한 대단한 의지와 노력의 과정과 거기서 얻은 성취감을 놓치지 않고 시로 표현하고 있다. 이처럼 그의 시는, 일생을 쉬지 않는 노력과 긍정적이고 진취적인 의식으로 가족의 행복을 일구고 자아실현을 이루며 나아가서 타인을 위한 봉사로 점철된 삶의 기록이다. 어려운 기교나 특별한 레토릭(rhetoric)의 사용은 없어도, 삶의 과정마다 진솔하게 토로하고 있는 그의 시를 읽으며 독자들은 감동하게 된다. '우리는 신神에게서 받은 재능을 흙 속에 파묻어 두어서는 안 된다. 우리는 비록 가정생활, 경제생활, 정치생활 또는 직업생활 등 대중 속의 생활에 의해 넘어지게 된다고 해도, 반드시 일어나서 자신을 되찾고 신神이 준 창조적 사명을 다하기 위하여 영웅적인 노력을 하지 않으면 안 된다. 그것이 우리에게 부과된 의무이다.'

러시아의 철학자 니콜라이 베르쟈예프(Nikolai A. Berdyaev)가 『인간의 운명(The Destiny of Man)』에서 말했듯이, 이준순 시인의 시집 『금빛 보자기』는 주어진 현실에 넘어지거나 안주하지 않고 스스로 자신을 만들어나가는 운명 개척의 기록이며 더 나아가서 도움이 필요한 주위 사람들에게 사랑의 손길을 보내는 사랑의 노래이다.

2. 가족 사랑의 시

이준순의 시는 '복집'을 회상하는 데서 시작된다. 젊은 날의 그 집은 시인의 가슴속에 아름다운 한 폭의 그림으

로 새겨져서 일생 동안 반들반들 빛나는 큰 잎사귀로, 금
빛 보자기(「흥집 복집」)로 감싸주는 복을 주고 있기 때문이
다.

　　광장동 긴 골목집
　　두 아이가 태어나 자란 집

　　내 집에 오는 손님을 왕으로 모신 시어머님
　　명절 생신 제사 산해진미 음식 만들 때
　　반찬 처음 만드는 나는 마음이 조였다
　　두 아이는 장난감과 도닥도닥 잘 놀았다

　　…(중략)…

　　어른 손님, 아이 손님에게
　　맛난 음식 대접하는 시어머님
　　쉼터처럼 놀다 가는 복집
　　집안은 반들반들 큰 화분 잎사귀도 빛났다
　　　　　　　　　　　　　　　　　　－「복집」부분

　시인은 시어머니를 모시고 두 아들을 낳고 마음 조이며
살림을 배우던 새댁 시절에 살던 집을 「복집」으로 명명한
다. 명절, 생신, 제사에 산해진미 차려서 조상과 어른, 손
님을 대접하는 어머니의 모습을 보고 배우며 시인 자신도

평생토록 '복집'을 지켜내느라 가족사랑, 이웃사랑을 실천하며 살아가고 있다. 시인은 아름다운 사회의 기초가 되는 화목한 가정, 사랑이 넘치는 가정의 모습을 제시하면서 아울러 독자들 마음에도 사랑꽃이 피어나게 해준다.

담 넘어 옆집과 오순도순
맛난 음식 나눠 먹고
오다가다 잠시 들러 웃음 나누던 그 집

어쩌다 대문 잠겨있으면
웬일인가 궁금해 고개를 빼고 기웃기웃
언제나 반겨주던 그 골목 사람들

긴 골목집은
우리 집 두 아이가 태어난 고향
20여 년을 떠나 있으면서
정신없이 달리느라 잊고 살았네

마음이 가랑잎처럼 메말라 가는 오늘
정겹게 지내던 그 골목이 떠오르네

마음 갈피 속에 꼭꼭 숨어 있는
보고 싶은 그 얼굴들

– 「긴 골목집」 전문

그 '복집' 이미지는 자기 가정에만 국한되지 않고 '긴 골목집'으로 확장되어 골목 안에 있는 옆집들이 모두 '오순도순' '맛난 음식 나눠 먹고' 웃음도 나누던 동네 사람 모두의 복집이 된다. 그 골목을 떠나서 생활에 골몰하여 '정신없이 달리느라 잊고 살았'지만, 마음이 가랑잎처럼 말라가는 날이면 떠올라서 마음을 촉촉하게 적셔 주는 아름다운 그림이다. '마음 갈피 속에 꼭꼭 숨어'서 그 시절을 그립게 하는 얼굴로 떠오른다. 시「복집」과 마찬가지로「긴 골목집」역시 아름답고 정이 넘치는 따뜻한 우리 삶의 모습, 이웃의 모습을 제시해 주고 있다. 시인의 이러한 긍정적인 생각은 '흉집'의 이미지도 '복집'으로 바꿔 나간다.

장독대에 간장 된장 고추장 올망졸망 항아리들
웬일일까? 새 간장에서 푸르스름 곰팡이꽃이 피었다
곰팡이 맛으로 새 간장 모두 쏟아 버렸다
막다른 집에서 앓다 하늘나라로 떠나신 시어머니

이비인후과 의사는 "귀에 이상 없다" 하는데
나는 귀에 매미 소리가 났다
공무원이던 남편은 무릎통증으로 명예퇴직하고
나는 막다른 집 "이사 잘못 왔다" 집 탓만 하였다

중곡동에서 평지풍파 겪는 동안 중학생 아들은

대원외국어고등학교에 합격했다
아들은 부모의 굴곡진 삶을 금빛 보자기로 덮어주었다
나는 검정고시와 태산 같은 대학을 마치고 시에 매달렸다
흉집 말이 쏙 들어가고 복집이 되었다

- 「흉집 복집」 부분

막다른 집으로 이사해서 우연히 안 좋은 일들이 일어났지만 아들의 명문 고교 입학과 자신의 부단한 노력으로 얻은 대학 졸업, 그리고 시에 매달려서 얻는 보람 등으로 '흉집' 이미지는 '금빛 보자기'로 덮여 '복집'으로 변신한다. 그 후에 하남으로 이사 와서 20년이 흐르도록 이준순 시인의 시는 '집'을 중심으로 옛날을 회상하며 오늘의 행복을 향유하고 있다.

이 시인은 평범한 주부이다. 직장생활을 한 적이 없는 것 같다. 오로지 시어머니 모시고 남편과 두 아들을 위해 헌신하며 살아온 주부이다. 그러므로 시인의 회상은 주로 '집'을 중심으로 전개되고 있다. 이러한 전개 방법은 이준순 시인처럼 평범한 주부로 살아온 여성들에게 시사점이 되고, 새로운 각성을 주어 평범한 주부들 모두 자신의 삶에서 '금빛 보자기'를 찾을 수 있을 것으로 생각된다. 이준순 시인은 결혼으로 인해 새로운 인연을 맺어 남편을 중심으로 시가 식구들을 만나고, 자녀를 낳아 키우면서 복집 이미지를 만들어 간다.

그런데 그러한 인성人性의 밑바탕에는 그를 낳아서 길러

준 부모님과 함께 자라난 형제들과의 혈연이 있다. 이 시
인도 여느 사람들과 마찬가지로 아버지 어머니의 희생과
사랑을 회상하고 그리워한다.

　　아버지는 양복 입고 출근하셨다
　　적은 공무원 월급으로도 우리 가족 살 수는 있었다

　　아버지 어깨에는 지적장애 형님 내외와 어린 조카가 있었다
　　큰아버지 때문에 가슴에 멍든 할머니
　　장애 형님 가족은 아버지의 십자가였다
　　엄마는 월급에 구멍이 나면 목소리에 가시가 돋쳤다

　　아버지는 완두콩 같은 자식들을 떠나
　　해외에서 일해야 했다
　　용접기술이 꼼꼼 깔끔해서
　　영어는 못해도 일감이 쌓여 목돈을 모아 보내셨다

　　1960년대 어려운 선택으로 고난을 헤쳐 나갔다
　　귀국할 때에야 작업복 벗고 양복을 입으셨다
　　십여 년 만에 아버지 얼굴은 빛났고
　　큰댁과 아들딸 모두에게 환영을 받으신 우리 아버지
　　품이 넓으신 우리 아버지

　　　　　　　　　　　　　　　　　　－「아버지의 선택」부분

아버지의 어깨 위에는 6남매와 부부를 합한 8인 가족 외에 어머니와 지적 장애를 가진 형님 내외와 어린 조카까지 십자가로 얹혀 있었다. 그래서 아버지는 돈을 더 벌기위해, 양복 입고 출근하는 공무원 생활을 접고 '언어도 낯선 이국'(「아버지의 희생으로」)인 베트남 전쟁터로 미국으로 가서 10년을 기술자로 지내셨다.

'아들 딸 결혼식에도' 못 오시고 '달러 버는 대로 다 보내'서 6남매도 결혼하고 '우리집, 큰집'이 가난에서 벗어나도록 희생하셨다. 마치도 영화 『국제시장』이 생각나게 하는 부모 세대의 희생을 4편의 아버지 그리는 시로 표현하고 있다. '참말 고맙습니다/아낌없이 주신 아버지'.

고마워하고 그리워하는 딸의 시에 하늘에 계신 아버지도 희생을 희생이라 생각하지 않고 위안을 얻으실 것이라믿는다. 시인의 회상에 어머니가 빠질 수 없다

머리가 아파서 약으로 견디시는 어머니
나는 6남매 맏딸로 어머니의 보조역을 했다

남동생 여동생들에게 아웅다웅하며 시끌시끌
나는 엄마 손을 덜어주려고
막냇동생을 업고 동네 한 바퀴 돌다 와서
소꿉놀이 공기놀이하는 고만고만한 동생들
말썽부리는 일 없기를 바라며 돌보았다
철부지 동생은 엄마 아픈 것도 모르고 주문이 많았다

아버지 퇴근하시면 과자 봉지로 모두가 신이 났다
아버지 앞에 반달처럼 앉은 여섯 명의 아들딸
뒤에 서 있는 엄마
아버지는 어린 딸 네 명을 세워놓고
미스코리아 심사위원이 되어 익살스럽게 평을 해 주실 때
여덟 명의 가족 웃음이 담장 밖으로 굴러가던
그런 날들이 있었다

– 「어머니의 맏딸로」 전문

약으로 견디시는 어머니를 도와서 보조역을 하는 맏딸
은 철부지 동생들을 돌보기에 여념이 없다. 그래도 과자
봉지 들고 퇴근하는 아버지 앞에 여섯 명의 아들딸은 '반
달처럼' 앉아서 신이 났다. '유머러스한 이야기'(「아버지
생각」) 잘 하시던 아버지는 어린 딸 네 명을 세워놓고 미스
코리아 심사를 하며 익살스럽게 평을 해 주셔서 '여덟 명
의 가족 웃음이 담장 밖으로 굴러가' 게 해 주셨다.

산책길 옥잠화 꽃잎을 보며
문득 친정어머니 생각났다

홀어머니의 외아들에게 시집간 맏딸
딸보다 열 살 위인 사위에 깐깐한 사돈댁이 어렵기만
어머니는 첫째 사위에게 말 내려놓지 못하셨다
묵묵히 딸의 행복만 빌고 바라셨다

내 마음 애타서 어머니에게 하소연하면
"참고 살아야지 어떡하니?" 다독다독
딸의 타는 가슴 옥잠화 넓은 잎으로 돌돌 감싸 안아
어머니 부처님 말씀으로 다독여 주셨다
옥잠화 향기 속에 정답던 어머니

–「어머니 생각」부분

   시인의 가슴에는 언제나 아버지 어머니가 살아 계신다. 언제 어느 곳에서나 불쑥불쑥 고개 내미는 부모님 생각에 시인은 오늘도 산책길에서 회상에 잠긴다. '홀어머니의 외아들에게 시집간 딸', 거기다가 '딸보다 열 살 위인 사위에 깐깐한 사돈댁이 어렵기만' 해서 말도 내려놓지 못한 어머니는 딸이 애타는 마음을 하소연해도 '참고 살아야지 어떡하니?' 하고 옥잠화 넓은 잎으로 감싸주셨다. 먼 시장까지 싼 반찬거리 사러 가서 머리에 이고 양손에 장바구니 들고 오시던 어머니(「엄마의 보행기」)가 이제는 침을 맞고 쑥뜸을 해서 힘이 빠진 가는 다리로 보행기와 함께 천천히 굴러가고 있다. '맛이 간 음식도 당신 차지/꾀죄죄한 옷도 당신 차지'로 병적인 절약 정신으로 아버지의 빈 자리를 채우고 가정을 지켜 오시던 엄마가, 언제나 자식들의 '큰 느티나무였던 엄마'가 이제는 치매 증상을 보이며 딸들을 구별하지 못하는 지경까지 이르렀다. 그래도 자식의 마음속에 엄마는 언제나 '큰 느티나무'로 자리하고 있다.(「느티나무」) 이 시인의 가족사랑은 가족들 하나하나를 주인공으로 모신다. 여느 엄마들처럼 '딸 넷보다 아들이 더 중했던 엄마' 지만 요양병원에 입원했을 때 교대로 매일 면회하러 다니는 세 여동생(「세 명의 여동생」), 시인이 '지아비에게 받은 상처로 노랗게 곪'아서 양양의 여동생 집을 찾아갔을 때 '혼자 온 언니 마음 얼른 알아' 채는 여동생(「나에게 양양은」), 어머니를 모시고 살면서 집안 행사 때마다 친정집에 모이는 6남매가 '돈독한 우애로 서로 기를 받'도록 편안하게 해주는 작은 올케(「목화꽃 작은 올케」), 외출 한번 없이 집에만 계시는 어머니 덕분에 신혼 초부터 둘만의 시간이 없는 동생 내외를 이해하고, 대견해 하며 해마다 참깨 들깨 고춧가루를 보내주는 시누님(「큰시누님」) 모두 시인에게 오면 고마운 주인공이 된다.

엄마에게 아이들에 대한 시가 빠질 수 없다. 시인에게 두 아들은 어릴 때부터 말썽 없이 잘 크고 학교에서 각종 상장을 받아 오는 모범생이고 자랑스런 아들이다. 그 아들이 커서 '치안이 불안한 아프리카' 나이지리아에 파견 근무로 가게 되어 염려하며 기도하는 안타까운 마음(「기도」), 첫 손녀를 보았을 때 '세상이 환해지'는 기쁨(「첫 손녀」) 등도 시인은 빠짐없이 섬세하게 노래하고 있다.

3. 꿈의 실현

시인은 이처럼 '복집'에서 스스로 의미를 만들며 탈 없이 두 아이를 키우는 복된 이미지의 주부이지만, 거기서 머물지 않고 '속 눈물의 한'(「합격증서」)을 풀기 위해 뒤늦은 학업의 길에 뛰어들어 자신을 성장시키고 평범을 뛰어넘는 삶을 영위한다. 시인은 중년이 되어 '낡은 몸'(「학생증」)으로 학업의 꿈과 시인의 꿈을 실현한다. 나이가 들었을 뿐만 아니라 시인에게는 청각장애라는 또 하나의 장애물이 있지만 아랑곳없이 꿈을 향해 운명을 개척해나가는 진취성을 보인다. 그 과정에서의 어려움과 주위의 도움을, 그리고 성취감을 차근차근 시로 표현하고 있다.

속 눈물 한을 풀어보겠다고
검정고시학원에 갔다
남녀노소 배움의 장소

여덟 과목이 벅찼다
돋보기로만 볼 수 있는 깨알 글자 글씨에 눈 박고
한 권씩 짚어 나가니 화덕처럼 몸뚱이 더워지네

잘 가던 경조사도 발길을 끊었네
검정고시 교과서와 인생을 바꿔 살았다
한 페이지 읽고도 뇌는 엉클어진 실타래

문제에 헤매면 늦은 밤에 막눈이 되었네
손에 든 메모지가 오가는 길에서 다 낡았다

뒤늦게 손에 쥔 대입 검정고시 합격증서

– 「합격증서」 전문

낡은 몸으로 4년 졸업은 어렵지만
지금, 아니면 언제 또 할 수 있으리
학생 신분으로 혜화동 방송통신대학,
함춘회관 한국교회 100주년 기념관
교수의 명강의를 듣고 나서 기차처럼 줄 서서
시집에 저자 서명을 받으며
휘갈겨 쓴 작가의 펜으로 필적을 보관했다

고지혈 증세에도 시 쓰기
대학 여객선 타면서
벤자민 잎과 향기 경험들은 밑거름 되어
섬진강 시인 시보다 더 좋은
내 시집 한 권 되기까지
60대 나이에 학생증은 축복이다

– 「학생증」 부분

'속 눈물 한을 풀어보겠다고' 라고 한 줄로 표현하고 있지만, 60대 늦은 나이에 대입 검정고시학원에 등록하기까지는 많은 망설임과 노력이 필요했을 것이다. 그래서 모든 경조사 끊고 공부하느라 '화덕처럼' 더워진 몸뚱이로 '검정고시 교과서와 인생을 바꿔' 살 수밖에 없었다. 뇌는 엉클어진 실타래처럼 마음대로 움직여 주지 않아도 손에 든 메모지가 오가는 길에서 다 낡을 정도의 노력에 대한 보답으로 '대입 검정고시 합격증서'를 손에 쥐었다. 시인은 거기서 끝나지 않고 '나비처럼 날아가서' 대학의 국어국문학과에 입학했다.

만학도로 청각장애를 딛고 고지혈 중세를 이겨내면서 '교수의 명강의'를 듣고 공부한다. 거기서 그치지 않고 '시집에 저자 서명을 받으며' '섬진강 시인보다 더 좋은 내 시집 한 권'을 위해 '60대 나이에 학생증은 축복'으로 여기며 시인의 꿈을 꾼다. 열심히 노력하는 사람에게 주위의 사람들은 냉정하지 않다. 시인도 만학도의 나이와 청각장애를 딛고 공부하다가 만난 이웃들에게 많은 도움을 받는다. 시인은 그 모든 것을 당연하다고 생각하고 넘기는 것이 아니라 마음속에 깊이 새기며 도움 준 분들에게 시를 통해 생명을 부여한다.

나의 귀는 늘 먹먹하다
언제나 강물 소리가 들린다

검정고시학원 수업 시간
내 옆에 앉은 언니 노트를 기웃기웃
베껴 쓰다 강의 듣다가 알게 된 만학도 언니
점심 도시락을 나눠 먹으며 새록새록 정이 들었다

언니는 수학 선생님 같다
청각장애인 나에게 찬찬히 반복해 가르쳐 주었다
그 언니 덕분에 용케 대입 검정고시 합격증서 받았다

– 「나의 바다에게」 부분

새 교과서를 받고 나서
청각장애로 어깨가 무겁고 한숨이 절로 날 때
선배가 사용한 소중한 헌 교과서를 내게 주었다

선배의 깨알 같은 글씨와 빨간 줄 파란 밑줄
졸음을 삼키려 커피 흘린 얼룩진 책장
선배의 체취 담긴 소중한 책
전공 교과서 물려받고서야 나는 자신감이 생겨났다

평소에 책을 드문드문 거북이처럼 읽다가
시험 날짜 발표되면 바짝 토끼눈이 되었다
선배가 "시험은 잘 봤니?" 물어보면
"세밀한 표시 따라 공부해서 과락은 면했어요"

– 「능소화」 부분

　강물 소리가 들리며 늘 먹먹한 귀로 제대로 알아듣지 못
하고 옆사람의 노트를 기웃기웃 베껴 쓰다가 만난 만학도
언니. '찬찬히 반복해 가르쳐 주'고, 허물없이 가르쳐 주
는 덕분에 '대입 검정고시 합격증서'를 받았다고, 시인은

언니에게 공을 돌린다. 뿐만 아니라 대학에 입학한 후에도 새 교과서를 받고 청각장애 때문에 한숨이 절로 날 때 선배가 사용한 헌 교과서를 주어서, 해마다 물려받아 공부하여 '상급 학년으로 능소화처럼 기어올라' 갈 수 있었다. '선배의 깨알 같은 글씨와 빨간 줄 파란 밑줄'을 따라 공부하며 '과락은 면' 했을 뿐만 아니라 '곰두리 장학증서'(「홀씨처럼 가볍다」)까지 받는 모범학생이 되었다. 가히 인간 승리라 할 만하다.

시인의 이러한 노력은 늦게 공부하는 어려움을 뛰어넘어 대학생으로서의 보람과 행복도 함께 누리게 된다.

고전 현대 국문학 낡은 머리에 담으려니 벅차다가도
체육대회, 호프축제, 책거리 행사
만학도 남녀 모두가 서글서글한 얼굴들

스마트폰 사진들 카페에 올리니
나도 수용미학동아리 그들 사진 속에 끼어 있네
선후배 글이 맛깔스러워
나도 덩달아 댓글을 써본다, 먹음직하게

– 「동아리」 부분

시험에 허둥거리다 동아리 모임에 갈 때는 신명이 난다
동아리 회원들은 한 잔 술에도 청산유수다
선배가 주관하는 비평 작가 세미나 문학기행도 간다

소극장에서 연극 출연하는 선배 작품
마로니에 공연도 솔찬히 잘 다녔다

젊음과 희망으로 넘실대는 마로니에 공원길
연극공연 포스터 황금색 은행나무잎 보면서
오늘도 학습관에 간다

– 「혜화동 학습관」 부분

주부로 살다가 빈 빨랫줄
육십에 빨래 대신 금속활자들
대학생 열두 과목 책들이 주렁주렁 매달렸다

출석수업 과제물 기말시험으로
녹슨 뇌를 두드려본다
도서관에서 달빛 보고서 집으로 갔다

한 학기 마치면 여기저기
교수님과 행사 학습동아리 여행과 책거리
마음에 젖은 체험들

개학 전에 빨랫줄에 걸어 말리며
새 학기 준비에 들뜬 행복을 걸어본다

– 「행복 빨랫줄」 전문

시인은 인터넷 바다를 떠돌다가 네이버 학습 카페를 찾아 동아리에 가입하고 일주일에 한 번씩 동아리방에 모이고 '체육대회, 호프 축제, 책거리'를 하면서, 찍은 사진들을 카페에 올린다. 그리고 '수용미학동아리 그들 속에 끼어' 있는 자신을 발견하며 참여의 보람을 느낀다. 자상하게 가르쳐 주는 선배의 강의는 '하남에서 버스 타고 전철 바꿔서 혜화동 학습관'에 녹초가 되어 도착하는 시인에게 '등불'이 된다. 그리고 동아리에서 주관하는 '비평작가 세미나 문학기행'도 가고 선배가 출연하는 연극 작품을 보면서 '젊음과 희망으로 넘실대는 공원길'의 일원이 된다. 그러나 대학 생활은 시인에게 '빈 빨랫줄'인 주부로 살다가 '육십에 빨래 대신 열두 과목 책들이 주렁주렁' 매달린 무거운 빨랫줄이기도 하다. 시인의 노력은 이렇게 무거운 빨랫줄을 그대로 두지 않고, '녹슨 뇌'를 금속 활자로 두드리며 '도서관에서 달빛 보고서 집으로' 가는 고된 노력과 여러 가지 체험을 통해 '새학기 준비에 들뜬 행복'을 빨랫줄에 거는 행복한 주부학생으로 자신을 변화시킨다.

결혼 전 내 손에 물 묻혀 보지 않아서
서투른 살림 맛들기 전에 몸이 고단해 지쳐갈 때
아차산 나뭇가지를 바라보니 내 처한 환경 같았다

시어머님 덕분에 연년생 두 아이도 쉽게 키우고

틈나면 두 아이와 아차산에 갔다

혼자 아차산에 갈 때는 김소월 시집을 챙기고
법정스님의 주옥같은 구절을 가슴에 새겼다
아차산이 내게 시인의 끈을 달아주었다

– 「시인의 끈」 부분

나에게 시 쓰기는 높기만 한 미루나무다
주제에 초점을 맞춰보고
사진사처럼 눈어림도 한다
방석 위 궁둥이에 불이 붙는다

이런 날이면 남한산성 드라이브로 머리를 식혀준 당신

지난날 쓰다 만 시에서 나의 가슴이 되어준 당신
다 쓴 글 자랑하면 빠진 토씨나 어휘를 교정해 준 당신
공기 같던 당신과 글쓰기의 기초지식을 익혀 나갔다

– 「미루나무처럼」 부분

빈 쭉정이를 솎아내지 못해 끙끙대는데
예리한 형사처럼 쭉정이를 찾아주는 우리 교수님
살아남은 알곡들이 서로 어우러져 영글어 간다
자기 성찰 측은지심으로 시정신을 심어주는 지도교수님
소나무 같은 회장님 내 귀가 되어주었다

졸업하면 시창작교실을 떠나지 않고
시누리 동인들과 노래하며 가리라 다짐한다

–「시창작교실」 부분

　이준순 시인에게는 학교 공부를 시작하기 이전, 젊은 새
댁 시절에도 시인의 꿈이 있었다. '장손으로 명절 생신 제
사 20여 명 모이는 친인척'의 뒷바라지를 하면서 몸이 고
단해 지쳐갈 때면 틈나는 대로 아차산에 올랐다. 김소월
시집과 법정스님의 저서를 챙겨가서 읽으며 '아차산 나뭇
가지'를 보면서 '내 처한 환경' 같다고 동일시하며 시인
의 끈을 키웠다. 이렇게 글쓰기의 기초가 없지만 용기 내
어 창작교실에 등록하고 '높기만 한 미루나무'에 오르기
위해 방석 위 궁둥이에 불이 붙도록 노력을 기울인다. 이
럴 때 '남한산성 드라이브'로 머리를 식혀주고, 빠진 토
씨나 어휘를 교정해 준 '당신'은 '공기 같'은 사람이다.
　더 나아가서 '전쟁 같은 시험이 끝날 때마다' 빠끔 얼굴
내미는 시창작 교실에서 '예리한 형사처럼 쭉정이를 찾
아' 주고 '자기성찰 측은지심으로 시정신을 심어주는' 교
수님과 '내 귀가 되어주는' 소나무 같은 회장님, '따뜻이
맞아주는' 문우들 덕분에 함께 '노래하며 가리라' 다짐한
다. 직유이긴 하지만 이 시에서는 다양한 비유를 사용하
고 있는데, 이준순 시인의 시에는 이 외에도 능소화, 치자
꽃, 목화꽃, 목련꽃, 호박꽃 등 다양한 꽃의 이미지를 차용
한 비유를 많이 사용하고 있다.

시는/ 나의 구세주// 글동무와/ 숲속을 걸으며/ 긴 호흡
해 보지만// 고뇌의 세월/ 가슴 깊은 화판에/ 정情을 심어
놓고/ 가슴앓이하지만// 남이 써놓은/ 시집은 그림으로 얼
룩지고// 뒤늦게 배운 나의 시/ 기쁨과 환희/ 벼랑 끝에 만
난/ 한 줄기 빛이어라   -「한 줄기 빛」전문

　시인은 시 한 줄의 '꼬리 잡고 나열하고 지우다가' 밤잠
잊으며 하얀 밤 지새우기도 하고, '얼개미에 시어를 고르
고 다듬고는/ 쉰 목소리로 읽고 다시 읽'으며 시작詩作 과
정의 어려움을 체험한다. 그러한 지난至難한 노력의 과정
을 거치며 마침내 시를 '기쁨과 환희/ 벼랑 끝에 만난/ 한
줄기 빛'으로, '시는/ 나의 구세주'로 느끼며 노래하기에
이른다.

4. 마음 닦기와 봉사

　시인은 두 아들을 키워낸 후에, 60대가 되어 치열하게
공부하여 검정고시부터 시작해서 대학을 졸업하고, 시인
으로 수필가로 등단하여 글쓰기를 하며 비로소 자신을 돌
아보는 여유를 가진다.

　하루의 피로가 겹쳐져 통증이 올 때쯤
　거실 유리문 넘어 액자 속 앞산으로 발길을 옮겼다

시원한 바람에 새소리 들리고
스쳐 지나가는 청설모들
내 짊어지고 온 가시밭도 그들 따라 저만치
내려앉는다
흐려진 거울을 닦고 또 닦는다
꼭꼭 뭉쳐둔 마음 울타리에
나는 감옥 하나 키워왔구나
땀 흘리며 산길 오르니 내리막도 있고
흙 위에 낙엽이 나뒹굴어 발밑에 깔린다
찢기고 부서져야 생명을 기른다
마음 그릇 비워지니 아픔 그릇도
텅 비었다

- 「텅 비었다」 전문

언덕 위 벚꽃은 한 폭의 꽃구름/ 산책로 흙길 소나무 맥문동과 회양목/ 앞산 그 아래 텃밭에 상추 오이 호박 모종을 심었다/ 봄의 잔 나뭇가지마다 봉긋한 꽃송이들 빛나고 있다// 코로나19 창궐하기 전, 일과 약속에 묶여서 산책로를 잊었다/ 덕풍 그린공원도 본 듯 만 듯했다/ 사람과 비대면으로 산책로와 밭을 만난다/ 잊고 지내던 내 마음 속 휴양림을 만난다

- 「자연과 대면하다」 부분

시인은 하루의 피로를 풀기 위해 앞산을 산책하면서 비로소 자신의 자아와 대면한다. 유유자적한 자연 속에 서

니 자신이 그동안 마음 울타리에 '감옥 하나' 키워온 일에 생각이 미치고, 발밑에 깔리는 낙엽을 보면서 '찢기고 부서져야 생명을 기'르는 이치에 눈뜨게 된다. '짊어지고 온 가시밭'을 내려놓으니 '마음 그릇'이 다 비워지고 '아픔 그릇도 텅 비'는 큰 깨달음으로 마음을 닦게 된다. 시인이 이렇게 자연 속에서 자신을 찾고 자아를 돌아보게 되는 것은 코로나19 팬데믹이 주는 긍정적인 측면이기도 하다. 2019년 말에 시작된 코로나19는 2023년 상반기까지 전 세계 인류의 삶을 바꾸어 놓았다. 가장 중요한 '거리 두기' 정책으로 단체활동과 모임 등 대면 활동을 할 수 없게 되고 개인 간의 만남도 삼가게 되었다. 시인은 이러한 영향으로 '코로나19 창궐하기 전, 일과 약속에 묶여서' 잊어버렸던 산책로와 텃밭을 만나 자연의 아름다움을 새삼 인식한다. 한 폭의 꽃구름인 언덕 위 벚꽃, 흙길의 소나무 맥문동 회양목, 텃밭의 오이 상추 호박 모종, 빛나는 꽃송이들을 보면서 '잊고 지내던 내 마음속 휴양림'을 만난다. 휴양과 휴식 속에서, '감옥 하나' 키워온 마음그릇을 비우고 평안을 얻는다.

아파트 뒤쪽 산책길 지나가면
큰 나뭇가지 위에서 산새 울음소리 들린다

여름날 새 합주 소리 들으며
느린 걸음으로 걷다 보면

내 마음은 낙숫물 떨어지듯 청아해진다

나뭇가지 위에 새는 울음소리 내며 날다가
먹잇감을 발견하면 번개처럼 부리로 물고는
둥지 속으로 쏙 들어간다

새는 부리로 날개 깃털을 쪼아
털어내며 자기를 가꾼다
산책길은 새의 공연장이다

- 「새의 공연장」 전문

작은 새가 나뭇가지 위에서 지저귄다
하늘을 자유롭게 날던 새들이
투명한 유리 방음벽과 충돌한다

새는 날면서 생존 위해 포식동물을 방어한다
시속 72킬로미터로 나는 새들
투명유리를 인지 못하는 박새 힝둥새 직박구리

버드세이버 봉사자가 지도처럼 흩어진 깃털
죽은 새의 사진을 스마트폰에 담아 공개했다

봉사자들은 경기도 미사지역에 설치한
투명유리 방음벽 안쪽에다 점찍기 선 표시 스티커를 붙인다

일 년에 800만 마리 충돌을 스티커로 막는다

-「새 보호하기」 부분

　시인은 산책길에서 새의 합주 소리를 들으며 마음이 '낙숫물 떨어지듯 청아해' 지는 것을 느낀다. 산책길에서 관찰하는 새의 여러 가지 울음소리와 행동, '부리로 날개 깃털을 쪼아/ 털어내며 자기를 가꾸'는 것을 보면서 자연의 아름다움과 자연이 주는 위안을 느낀다.

　시인의 이러한 생각은 자연스럽게 자연을 보호하고 지켜주고자 하는 행동으로 연결된다. 「새 보호하기」는 새의 생명을 지켜주기 위한 봉사활동 기록이다. '하늘을 자유롭게 날던 새들이' 인간이 만들어 놓은 건물과 방음벽의 투명 유리를 알지 못한 채 충돌해서 죽어간다.

　버드 세이버 봉사자들은 '투명 유리 방음벽 안쪽에다 점찍기 선 표시 스티커를 붙인다'. 그 결과 '일 년에 800만 마리 충돌을' 막아주게 된다. 새의 생명을 지켜주는 일은 생태계를 지키는 일이고 나아가서 '인간의 생명도' 살리는 일이다. 시인은 자연보호 외에도 여러 가지 봉사를 해오고 있다.

　보호자가 아동을 맡기고 가면
3시간 돌봄 봉사가 시작된다

　한 교실에 사오 명 지적장애 자폐증 어린이

비정상적인 행동에 글도 낙서하듯 쓴다

내가 장애복지관에 가면
반갑다고 나뭇잎 손으로 살랑살랑 흔든다
사랑의 마음으로 세세하게 손길을 주면
문제행동이 수그러지고 글 쓸 때도 차분해진다

돌봄 시간이 끝나고 차분해진 아이
보호자는 아이 손을 붙잡고 환하게 웃는다

–「장애복지관」 전문

자폐 아동마다 여러 가지 증상들
수업시간에 소리 지르고 울거나 돌아다녀서
녹록지 않은 지도
아동을 다스려서 멈추게 하고
고사리손으로 연필을 잡고 한글을 쓸 수 있게 도와준다

젊은 봉사자와 같이 일하면 내 마음도 꽃이 된다
한 명 아동 옆에서 찬찬히 가르치고 체육 시간은 함께 웃는다
미취학 저학년 아이 가르치고 배워서 내게도 무지개 핀다

–「무지개 핀다」 부분

학교에서 적응 못하는 아이
시인은 자신의 청각장애를 극복하고 늦은 나이에 공부

하고, 수필과 시를 쓰면서 자연보호는 물론이고 장애를 가진 타인을 위해 봉사하는 아름다운 삶을 영위하고 있다. 학교에서 적응 못하는 '지적장애 자폐 어린이' 지만 '사랑의 마음으로 세세하게 손길을 주면/ 문제 행동이 수 그러지고 글 쓸 때도 차분해진다'.

그래서 보호자가 담임 강사를 만나면 '집에서 고분고분해지고 편식 없이 밥도 잘 먹고 밝아졌다' 고 고마워해서 '봉사일이 자랑스럽다'.(「아동 봉사」) 장애아 가르치는 봉사 활동은 '수업시간에 소리 지르고 울거나 돌아다녀서/ 녹록지 않은 지도' 이지만, 찬찬히 가르치고 함께 웃다 보면 내게도 무지개가 핀다. '무지개' 로 비유되는 시어 속에는 보람뿐만 아니라 자신도 더불어 성장하는 다양하고 아름다운 무늬가 들어 있다.

처음 차근차근 자음 모음 읽어주고 쓰기도 한다
어제 읽었지만 한글 기초 자음 열네 자와 모음 열 자
혼자 처음은 읽고는 다음부터 입안에서 맴돈다

반복해 소리 내어 읽어주고 칠판에 써 놓으면
어르신은 공책에 빼곡히 개미처럼 쓰고
모두 다 같이 기억할 수 있게 소리 내어 읽는다.

한글사랑 삼매경에 빠지는 어르신
문장도 혼자서 읽고 쓰고 가슴에 한을 풀어내신다

내 가슴에도 보람꽃을 피워주신다.

– 「한글 문해 봉사」 부분

미루고 미루었던 '레저마리애' 봉사
책과 수첩을 받았다

… (중략) …

성당 레저마리애 봉사자는 봄 가을에 야외행사 간다
성지성당은 이국적 모습 멋스러운 성당
남한산성 순교성지에서 미사 드린다
천주교 박해 때 순교한 성인 묘 앞에서 숙연해진다

남한산성 죽산 미리내 성지순례 다니면서
기도와 봉사 야외행사
성당 레저마리애 봉사활동은 은총이다

– 「은총」 부분

　　시인의 봉사정신은 사회의 어려운 곳을 그냥 지나치지
못하고 사랑의 손길을 뻗어 도와주고자 한다. '만학도 때
방송대학 졸업 전에는' 본인 공부만 해도 벅찬데도 '어르
신에게 한글 봉사'를 했다(「무지개 핀다」). '한글 기초 자음
열네 자와 모음 열 자' 칠판에 써놓고 소리내어 읽어주고,
반복해 읽어주면 어르신들은 '한글사랑 삼매경에' 빠져

'문장도 혼자서 읽고 쓰고 가슴에 한을 풀어내신다'. 문해 교육을 통해 태어나 진술한 시로 전 국민에게 감동을 주는 '칠곡 할매 시인' 들처럼 머잖아 이 어르신들도 자신의 평생 한을 풀어내어, 눈이 환히 트이는 밝고 보람 있는 세상을 살아가게 될 것이다. 시인은 또 성당에서 하는 '레지마리애' 봉사에도 참여하여 기도와 봉사, 성지 순례와 야외 행사에 참여하고 '은총' 을 느낀다.

이처럼 시인은 평범한 주부의 삶에 만족하지 않고 자신의 결핍을 스스로 노력하여 채워가고, 가족과 혈연을 사랑할 뿐만 아니라 자연과 이웃에까지 그 사랑을 확산시켜 여러 가지 봉사활동으로 사회를 밝히는 데 기여하고 있다. 시인의 삶에 대한 이러한 태도에 따라 이 시집은 '복집' 에서 시작되어 시詩에서 '구세주' 를 만나고 다시 종교에서 느끼는 '은총' 으로 마무리되고 있다.

시집 『금빛 보자기』는 시인의 긍정적인 의식과, 결핍을 치유하기 위한 자아실현의 노력, 자신의 장애를 극복하고 보람을 성취하는 운명 개척, 선량한 성품과 봉사 정신에서 우러나는 실천과 그러한 삶의 과정에서 피어나는 아름다운 꽃이며 열매이다. 이준순 시인의 이러한 시의 열매가 많은 독자에게 읽혀서 앞으로 우리 사회를 희망차고 살 만한 세상으로 변화시키는 데 더 많이 이바지할 수 있기를 기원한다.

금빛 보자기

•

지은이 / 이준순
발행인 / 김영란
발행처 / **한누리미디어**
디자인 / 지선숙

•

08303, 서울시 구로구 구로중앙로18길 40, 2층(구로동)
전화 / (02)379-4514, 379-4519
Fax / (02)379-4516
E-mail/hannury2003@daum.net

•

신고번호 / 제 25100-2016-000025호
신고연월일 / 2016. 4. 11
등록일 / 1993. 11. 4

•

초판발행일 / 2025년 4월 15일

•

ⓒ 2025 이준순 Printed in KOREA

•

값 **12,000원**

•

•

ISBN 978-89-7969-896-1 03810